KB179540

히끄네 집

고양이 히끄와 아부지의 제주 생활기

히끄네 집

고양이 히끄와 아부지의 제주 생활기

글 · 사진 **이신아**

야옹서가

서문

어릴 때부터 평범했다. 한글도, 구구단도, 달리기도, 뭐든 남들보다 느렸다. 처음 입학한 대학은 적응을 못 해서 1학기만 겨우 다니고 자퇴했다. 다시 들어간 대학 역시 부모님이 원하는 직업을 얻기 위해 선택한 전공이라 나와 맞을 리 없었다. 하지만 대학을 두 번이나 그만둘 수는 없어서 간신히 졸업했다.

그즈음 이런 내가 지겨워졌다. 처음부터 세상에 존재하지 않았던 사람처럼, 모르는 사람들이 있는 곳으로 멀리 떠나고 싶었다. 그렇게 배낭 하나만 메고 훌쩍 떠난 제주도에서 히끄를 만났다.

'한 달만 지내야지' 하고 도망치듯 찾아온 오조리에서 산 지도 벌써 5년이 되어 간다. 예전에는 현실이 막막할 때마다 도망쳤지만 히끄와 함께한 뒤부터 그럴 수 없었다. 히끄가 조용히 바라봐주기만 해도 큰 위안이 되었고, 뭐든 잘할 수 있을 것 같은 용기가 생겼다.

히끄 이야기는 인스타그램 10만 팔로워에게 큰 사랑을 받았다. 일방적으로 받기만 하는 그 사랑이 한편으로는 부담스러웠던 시기가 있었다. 그저 재미로 시작한 SNS였는데 팔로워가 많아질수록 기대에 부응해야 한다는 부담이 생겼고, 조금씩 흥미를 잃어 갔다.

하지만 예상하지 못한 변화가 일어났다. 히끄를 보고 길고양이에게 밥을 주기 시작했다는 사람, 펫숍에서 고양이를 사려고 했는데 유기묘를 입양하게 됐다는 사람, 털 알레르기가 있어서 입양은 못 하지만 대신 동물보호단체에 후원을 시작했다는 사람이 나타나기 시작했다. 그걸 보면서 히끄 이야기가 세상을 바꾸는 데 조금이나마 도움이 된다는 걸 알았다. 그래서 어떻게 하면 이 과분한 사랑을, 도움이 필요한 다른 고양이들과 나눌 수 있을까 생각했다.

《히끄네 집》은 평범한 사람과 평범하지 않은 고양이가 만나 함께 사는 이야기이다. 예전의 나라면 살면서 절대로 하지 않았을 일 중 하나가 반려동물과 한 집에 사는 것이었다. 그만큼 동물에 관심도 없었고 반려동물에 대한 개념조차 없었지만 히끄를 만나면서 변해갔다. 그리고 내가 알던 세상이 전부가 아님을 깨닫고 부끄러웠다.

이 책을 통해 혼자만 잘사는 세상이 아닌, 불이익을 당해도 나만 아니면 되는 세상이 아닌, 함께 행복할 방법을 만들어가고 싶다. 동물 구호에 적극적으로 참여하는 분들에 비하면 한없이 부끄럽지만, 고양이들이 행복한 세상을 만드는 데 조금이라도 보탬이 되고 싶은 마음으로 글을 썼다.

이 모든 건 히끄가 있었기에 가능했다. 아무런 준비가 안 된 나에게 와줘서, 많이 부족했던 나를 믿어줘서 히끄에게 고맙다.

2017년 9월

이신아

차 례

#오조리를헤매는하이에나 #나는몹시배고프다냥 #누구하나걸리기만해라냥

처음 만난 흰 고양이

꿈이 없었다. 어떤 인생을 살아야 할지 몰라서 대학을 졸업하고도 2년을 허송세월했다. 그나마 하고 싶은 게 '제주에서 살아보기' 정도였다. 올레길을 함께 걷다 친해진 한카피 님이 오조리에 게스트하우스를 열었을 때 무작정 가본 것도 그래서였다. 그런데 하루만 재워 달라고 찾아갔던 슬로우트립에서 2년 넘게 스태프로 일할 줄은 몰랐다. 게다가 고양이를 키우게 되리라곤 상상도 못 하던 때였다.

2014년 6월쯤, 평소처럼 게스트하우스를 청소하는데 골목 건너편에서 흰 고양이가 지나갔다. 시골 마을에는 흔치 않은 흰 고양이라 멀리서도 눈에 띄었다. 처음에는 주인 있는 고양이가 잠시 외출했거니 생각했다. 하지만 며칠이 지나도 고양이는 혼자였다. 사료와 물을 주니 경계하면서도 배가 고픈지 다가와서 먹었다. 멀리서 봤을 땐 몰랐는데 가까이서 보니 갈비뼈가 보일 정도로 말랐고, 귀에 곰팡이와 탈모가 있는 걸 보아 오랫동안 길에 방치된 것 같았다.

제주도에 놀러 온 지인이 흰 고양이를 보더니 털빛이 희끄무레하다고 '히끄히끄'라는 이름을 지어줬다. 생김새를 보고 대충 지은 이름이었다. 길게 부르면 불편하니까 줄여서 '히끄'로 부른 그 고양이는 사람을 많이 경계하지는 않았다. 하지만 길에서 지내면 건강이 더 나빠질 것 같아서 좋은 곳에 입양을 보내고 싶었다.

#난이미집사를간택했다냥 #열번찍어안넘어가는집사없다냥 #오조리나무꾼

너는 나의 묘연

그때만 해도 고양이에 대해 아무것도 몰랐던 터라, 주변에서 '고양이 집사'라는 분을 소개받았다. 그분은 이동장을 주면서 히끄를 잡아주면 임보(임시 보호)하다가 입양처를 알아봐주겠다고 했다. 지금 키우는 고양이들도 길에서 만난 인연이라는 말에 믿음이 갔다.

한카피 님과 함께 이동장에 참치 통조림을 넣고 기다렸다. 참치를 먹으러 들어가면 밖에서 문을 닫아 잡을 계획이었다. 히끄는 밥을 먹으러 왔지만 이상한 낌새를 느꼈는지 다가가면 재빨리 도망쳤다. 일주일간 밀고 당기기를 했지만 경계는 갈수록 심해졌다. 히끄를 위해 시작한 일이지만 원치 않는다면 그만둬야 할 것 같았다. 결국 고양이 집사에게 사정을 말하고 이동장을 돌려줬다. 그날부터 히끄는 조금씩 경계를 풀기 시작했다. 다시 예전처럼 만질 수 있게 되었을 때 귀를 덮은 곰팡이를 치료해주고 싶어서 목욕을 시도했다. 히끄는 조금 울긴 했지만 씻기는 동안 얌전히 있었다.

이제는 입양을 보낼 수 있을 것 같아 다시 고양이 집사에게 연락했더니, 마침 이사해야 할 상황이 생겨서 임보하기 어렵겠다며 곤란해 했다. 그때가 히끄와 만난 지 한 달쯤 지난 무렵이었다. 만약 히끄가 처음부터 순순히 잡혔다면, 혹은 고양이 집사가 갑자기 바빠지지 않았다면 어떻게 되었을까. 생각해 보면 신기한 묘연(猫緣)이다.

#이녀석 #예상보다더 #똘끼충만

개집에 사는 고양이

제주도를 일 년 내내 따뜻한 곳으로 생각하는 사람이 많지만, 바람이 많이 불어 생각보다 춥고 체감 온도도 낮다. 그래서인지 가을로 접어들면서 히끄가 부쩍 웅크리고 자는 모습이 추워 보였다. 딱하게 여긴 한카피 님이 히끄의 집을 사러 철물점에 가자고 했다. 거센 제주 바람에도 날아가지 않을 만큼 튼튼하고 묵직한 개집을 사서 히끄가 평소 자주 눕는 곳에 두었다. 처음에는 거들떠보지도 않더니 다음날엔 들어가 천연덕스럽게 낮잠을 자고 있었다.

하지만 기대했던 것과 달리 매일 개집을 써주진 않았다. 날씨가 좋으면 집 대신 데크에서 뒹굴뒹굴하면서 잤다. 심지어 비오는 날에도 안 들어갈 때가 많았다. 비 맞지 말라고 개집에 넣어주면 쪼르르 나와 버렸다. 어떤 날은 먼저 온 꺼므에게 뺏기기도 했다. 웃기는 건, 햇볕 쨍쨍한 날 집을 물청소하고 엎어두면 굳이 들어가 한참 앉아 있더라는 사실. 지붕이 경사져서 불편한데도 굳이 그랬던 걸 보면 참 독특한 취향이다.

겨울이 되니 개집 안이 휑해 보여서, 버리려던 겨울 점퍼를 뒤집어 깔아주니 포근해했다. 조금이라도 더 따뜻하게 지내라고 두툼한 방석을 사서 넣어 주니 방석에 앉아 기분 좋게 갸르릉 소리를 내면서 처음으로 꾹꾹이를 했다. 역시 지갑을 열어야만 마음을 얻을 수 있는 모양이다.

#히친소 #냥체앤가바나 #오조리F4

스트릿 친구들을 소개합니다

슬로우트립에는 식객 고양이들이 많았다. 희끄무레해서 히끄히끄라 이름 붙인 흰 고양이를 시작으로, 검은 턱시도 무늬여서 꺼므꺼므, 줄무늬라서 줄무줄무, 콧수염 같은 얼룩무늬 때문에 히틀히틀이라는 이름을 지어준 고양이까지 다양했다. 모두 수컷이고 나이도 비슷해 보였다. 절친까지는 아니어도 서로 의지하는 사이인 건 확실했다.

히끄는 꺼므와 가장 친했다. 가끔 함께 밥을 먹으러 왔고, 날씨가 좋으면 마당 데크에서 함께 낮잠을 잤다. 하지만 서로 그루밍을 해준다거나 몸을 기대는 일은 없었다. 서열은 히끄가 더 높았는지, 먼저 밥을 먹고 있으면 꺼므가 와서 쳐다본다. 그러면 히끄는 양보하는 척하다 꺼므가 밥을 먹자마자 솜방망이를 날려 뒤통수를 서너 번 때렸다. 눈칫밥 먹는 꺼므가 불쌍해서 나중에는 마음 편히 먹을 수 있게 밥을 따로 챙겨줬다.

2년이 지난 지금, 슬프게도 줄무와 히틀이는 보이지 않는다. 평화롭게 마당 데크에서 쉬던 히끄와 친구들 모습이 생생하지만 이제 볼 수 없는 풍경이 되었다. 그 시절의 친구들 중 지금도 찾아오는 초기 멤버는 꺼므가 유일하다. 대신 요즘은 노란 줄무늬여서 놀무놀무, 카페라떼 색깔이어서 라떼떼떼라고 이름 지은 고양이 둘이 매일 밥을 먹으러 온다. 사라진 히끄의 친구들을 생각하면 길고양이의 삶이 얼마나 짧은지 실감한다.

#꺼므가내집에들어갔다냥 #부동산대란 #오조리쉐어하우스

들통 난 두 집 살림

앞마당에 늘 사료를 넉넉하게 줘서 그런지 히끄는 배가 고프면 언제든 왔다. 낮에는 마당에 누워 자기도 했고, 뭐가 그렇게 바쁜지 온종일 안 보이다가 저녁에 와서 손님들에게 애교를 부리며 음식을 얻어먹기도 했다. 슬로우트립에 오지 않는 시간에는 뭘 하며 지낼까 했는데 며칠 뒤 궁금증이 풀렸다.

어느 날 앞집 아주머니가 큰 소리로 누군가를 꾸짖는 소리가 들렸다. 평소 조용한 분이라 무슨 일인가 싶어 봤더니 히끄였다. 아주머니는 히끄를 '나비'로 불렀다. 사람을 잘 따르고 애교를 부려서 가끔 멸치를 삶아줬다고 한다. 그런데 현관문을 열어놓고 잠깐 외출했다 와 보니 나비가 안방에 누워 자고 있어서 혼냈다는 것이다.

제주 시골집엔 대문이 없거나, 있어도 열어놓고 지내는 경우가 많다. 히끄는 앞집 아주머니를 집사로 선택하고 당당히 열린 문을 통해 안방으로 들어갔지만, 아주머니는 그렇게 생각하지 않았던 모양이다. 결국 아주머니 댁에선 나비로, 슬로우트립에선 히끄로 살아온 녀석의 두 집 살림은 그날로 들통 나고 말았다. 어쩌면 히끄에겐 흰둥이, 백구, 털보처럼 더 많은 이름이 있었는지도 모른다.

#냥체성혼란 #멍체성혼란 #이집수맥이상해

영혼 체인지?

히끄에게 매일 밥을 챙겨주긴 했지만, 그때까지만 해도 동물을 사람과 한 집에 사는 대상으로 생각해본 적은 없었다. 내 상식에서는 동물이란 집 밖에서 사는 게 자연스러운 존재였다. 하지만 슬로우트립 시절, 비글 호이와 함께 지내면서 반려동물에 대한 인식도 조금씩 바뀌어갔다. 한카피 님이 호이를 키우기 시작한 해 겨울 갑자기 무릎 수술을 받는 바람에, 대신 호이의 산책을 맡으면서 정이 들었다. 나중에는 육지에 가면 호이 간식부터 살 정도로 '조카 바보'가 되었다.

호이는 혼자 있는 걸 좋아하고 누가 만지는 걸 싫어했다. 그야말로 고양이 같은 성격의 개였다. 자주 오는 길고양이를 보고 배웠는지 식빵 자세도 할 줄도 알았다. 반면 히끄는 길고양이면서도 사람에게 만져달라고 머리를 내밀고, 기분이 좋으면 개처럼 살랑살랑 꼬리를 흔들었다.

게스트하우스 청소를 할 때는 호이를 마당에 묶어두는데, 히끄는 사료를 먹으러 왔다가 호이와 마주치면 "하악!" 소리를 내며 경계했다. 하지만 정작 호이는 아무런 관심이 없고 히끄가 먹는 사료만 탐낼 뿐이었다. 그래서 주변 사람들에게 "아무래도 히끄와 호이는 영혼이 바뀐 것 같다"고 우스갯소리를 하곤 했다.

#뭘품고계세요? #작전을구상중이다냥 #일명나를찾아줘작전

사라진 히끄

새해가 시작되고 짝짓기의 계절이 돌아왔다. 암고양이를 차지하느라 다툼이 잦았는지 히끄는 상처투성이가 되어 찾아오곤 했다. 하루는 멀리서 걸어오는데 다리를 절룩거렸다. 다리가 퉁퉁 붓고 아픈지 편히 눕지도 못하고 내내 웅크렸다가, 등을 바닥에 대고서야 간신히 잠들었다. 저녁이라 동물병원도 문을 닫아서 다음날 아침 일찍 병원에 데려가기로 했다.

검진을 받으니 다행히 다리뼈에 금이 가거나 부러진 건 아니었다. 소염제 주사 2대를 맞히고, 간 김에 구충제도 먹였다. 돌아오는 길에 한카피 님이 조심스레 말을 꺼냈다. 단순히 밥을 챙겨주면서 시작된 관계지만, 이렇게 다쳐서 오면 어디까지 책임져야 할지 밤새 고민했다고. 어젯밤 수의사 친구에게 상태를 설명했더니 골절이면 치료비가 100만 원이 넘는다고 해서 놀랐다며, 그래도 치료해줘야 당연한데 잠깐이나마 망설인 게 미안하다고 했다.

그간 사료 값과 병원비는 항상 한카피 님이 부담했던 터였다. 내가 한 일이라곤 밥 챙겨주고 목욕시키고 영양제 먹인 게 전부였다. 혹시 한카피 님이 치료를 포기한다 해도 원망할 수는 없었다. 이번에 다친 걸로 끝나면 다행이지만 언제든 다시 일어날 수 있는 상황이어서 마음이 무거웠다. 길고양이에게 그저 밥을 챙겨주기만 하는 것과, 아픈 고양이를 책임져야 하는 상황의 무게는 확실히 달랐다. 히끄는 병원비 앞에 흔들렸던 우리 마음을 시험하듯 다음날 사라져버렸다.

#숯끄 #또김칫국물묻혀왔네 #20일간의미스테리

거지꼴로 돌아오다

실종 당일 아침, 히끄는 식빵 자세로 자고 있었다. 일부러 깨워 걷게 해 보니 괜찮아진 것 같았다. 한데 여느 때처럼 아침 먹고 외출한 녀석이 아무리 기다려도 돌아오지 않았다. '오기만 해 봐라' 하고 벼르다 GPS 추적 장치를 인터넷으로 주문했다. 목에 달아 행동반경을 알아둘 요량이었다. 하지만 열흘이 지나도 소식이 없었다. 길고양이로 슬로우트립에 와서 한동안 '외출냥'으로 불리기도 하고, 때론 '방문냥'으로 불렸던 히끄는 이제 '행방불명냥'이 되었다.

처음엔 좋은 주인을 만났을지도 모른다고 생각했다. 하지만 오지 않는 날이 길어지자 불길한 상상이 꼬리를 물었다. '먹은 약이 독해서 쓰러졌나? 다리는 괜찮다고 했지만 실은 골절이었나? 나쁜 사람에게 해코지를 당했으면 어쩌지? 벌써 죽었을지도 몰라.' 그렇지 않고서야 매일 출근 도장 찍던 녀석이 이렇게 소식이 뚝 끊길 수는 없었다.

실종 20일째, 게스트하우스 마당에서 빨래를 널고 있는데 뒤뜰에서 야옹야옹 소리가 났다. 무심결에 '꼭 히끄 목소리 같네' 생각했다. 빨래를 다 널었는데도 울음소리는 멈추지 않았다. 혹시나 하는 마음에 뒤뜰로 가 보니 숯검댕 투성이가 된 히끄가 거지꼴로 울고 있었다. 고생한 티가 역력했다. 가슴이 두근거렸지만 최대한 태연한 척 사료와 물을 가져다줬다. 히끄는 여러 날 굶었는지 허겁지겁 밥과 물을 먹었다. 야속함보다 안도감이 먼저 들었다. 그래, 돌아왔으면 됐다. 살아있으니 다행이다.

#이집뷰가마음에든다냥 #남의집훔쳐보고그러면안돼 #철컹철컹

새로운 룸메이트

일단 사료를 한 그릇 먹이고 욕실로 데려가 구석구석 씻겼다. 다친 곳이 없나 살펴보니 귀 끝과 뒷발에서 피가 흘렀다. 발톱이 빠져서 나는 피였다. 동물병원에 데려가니 소독약과 연고를 번갈아 잘 발라야 나을 거라고 했다. 한카피 님은 상처가 아물 때까지 내보내지 말고 돌봐주자고 했지만, 그 집에는 호이가 있어서 개를 보면 스트레스를 받는 히끄가 머물 수 없었다. 결국 슬로우트립에 딸린 다락방에서 나와 함께 지내기로 했다. 슬로우트립에는 다락방이 2개 있는데 하나는 손님들이 책을 읽거나 편지를 쓰는 곳이고, 다른 하나가 스태프 전용인 내 방이었다.

2년 동안 혼자 지내다 갑자기 룸메이트가 생기니 새로 준비해야 할 살림이 많았다. 한카피 님이 고양이 화장실, 전용 모래, 장난감을 장만해줬고, 지인이 직접 만들어 선물한 원목 캣타워도 방 한 켠을 차지했다. 걱정했던 것과 달리 히끄는 실내 생활에 잘 적응했다. 이불에 똥을 눈 걸 발견해서 그대로 배변판에 갖다 놓았더니 다음부터 완벽하게 대소변을 가렸다. 캣타워 사용법을 가르쳐주지 않아도 먼저 올라갔고 스크래처에 발톱을 갈았다. 심심하면 창문턱에 뛰어올라 창밖을 내다보며 하루를 보냈다.

예전에는 길고양이인 줄로만 알았는데, 그런 모습을 보니 집고양이로 살다 버려졌을 수도 있겠구나 싶었다. 히끄는 처음부터 이 집 고양이였던 것처럼 잘 먹고, 잘 싸고, 잘 놀고, 나와 한 침대에서 잠들었다. 발톱이 빠진 상처도 빠르게 아물어갔다.

#히끄익스프레스 #표값은츄르한개 #무임승차벌금열배

히끄 익스프레스

누구나 한번쯤 다락방에 대한 로망을 가져본 적이 있을 것이다. 가장 개인적인 장소이자, 뭔가 비밀이 하나쯤 숨어있을 듯한 공간. 하지만 다락방이 스태프 숙소처럼 일상적인 공간이 되면 낭만이나 신비감은 일찌감치 사라지고 현실만 남는다.

내가 머물던 다락방에 올라가려면 특별한 관문을 거쳐야 했다. 바로 접이식 사다리였다. 나야 매일같이 오르내려서 익숙했지만, 경사가 제법 가팔라서 그 사다리를 처음 보는 사람들은 무서워했다. 하지만 히끄는 높은 곳에 강한 고양이의 위엄을 과시하듯 사다리를 잘도 오르내렸다. 망설임 없이 절도 있는 발걸음으로 성큼성큼 올라갔고, 내려갈 때는 타닥타닥 리듬을 타며 순식간에 내달렸다. 마치 사다리가 기차 레일이고 히끄는 고속열차라도 된 것처럼 자연스러웠다.

히끄의 사다리 타는 실력을 모르는 사람들은 아슬아슬한 그 모습을 보고 "저러다 떨어지는 거 아니에요?"라며 놀랐지만, 히끄는 "이 정도쯤이야"하는 얼굴로 좁은 발판에 의기양양하게 앉아 있곤 했다.

#민주묘총오조리지부장 #사장님과협상중 #사료등급올려달라냥

집고양이가 세상 편하다냥

뭐든 알아서 잘 하는 히끄였지만 도와줘야 하는 일도 있었다. 매일 밥을 챙겨주고, 대소변을 치워주고, 장난감으로 놀아주고, 병원에 데리고 다니는 게 나의 일이었다. 이렇게 온전히 내 손길이 필요한 존재와 함께 사는 건 처음이었다. 이런 생활은 히끄에게도 적잖은 변화였을 것이다. 오조리 곳곳을 누비며 자유롭게 살다가 하루아침에 좁은 다락방에서만 지내게 됐으니 답답해하지 않을까, 혹시 스트레스라도 받는 건 아닐까.

하지만 걱정과 달리 히끄는 천연덕스럽게 다락방을 제 영역으로 접수했다. 하긴, 길고양이 시절에도 추우면 슬로우트립 안으로 들어와 난롯불을 쬐고 갈 정도로 넉살좋긴 했다. 스트릿 친구들을 대표해서 한카피 님을 찾아와 "요즘 사료가 부족한 거 같다옹"하고 건의할 정도였으니까.

너무 오랫동안 밖에 나가지 않아서, 하루는 잠깐이라도 바람 좀 쐬다가 오라고 현관을 열어줬다. 하지만 탈출하기는커녕 꿈쩍도 하지 않아서 한참 웃었다. 나가라고 할까 봐 엉덩이 딱 붙이고 버티는 것 같아서. 너도 집고양이 생활이 편했니? 그런 점은 집순이인 나랑 꼭 닮았구나.

#그늘감별사 #자외선싫다냥 #뽀얀털의비결

#회끄 #김치먹고다니던시절 #색조화장이다냥

#유기농말고오가닉으로달라냥 #LA는알아도_로스엔젤레스는모르는고양이

고양이 무식자의 깨달음

히끄를 키워보니 나는 '뭣이 중한지도 모르는' 고양이 무식자였다. 고양이는 전용 모래에 배변을 해결한다는데 응고형은 뭐고 흡수형은 뭔지, 크리스털은 뭐고 펠렛은 뭔지 생소하기만 했다. 변변한 화장실도 없던 때라 급한 대로 스티로폼 상자 뚜껑을 바닥에 깔고 간이 화장실을 만들었다.

히끄는 아침에 일어나자마자 화장실에 가는 규칙적인 고양이였다. 덕분에 매일 아침을 고양이 똥 냄새로 시작했다. 오줌에서는 고등학교 과학실에서 맡아본 암모니아 냄새가 났다. 너무 충격적이어서 고양이 집사들을 만날 때마다 "이 냄새가 정상이냐?"하고 물어봤다. 그들도 처음에는 놀랐다며, 시간이 지나면 적응된다고 위로했다.

사료도 종류와 등급이 제각각이었다. 홀리스틱, 슈퍼 프리미엄, 그레인 프리는 다 뭔지…. 고양이를 건강하게 키우려면 공부가 필요하다는 걸 새삼 느꼈다. 좋은 재료로 만든 고급 사료는 당연히 비쌌다. 처음에는 '이렇게 비싼 사료를 어떻게 먹여. 나도 못 먹는 유기농 음식을 고양이한테 사주는 게 웬 말이야?'하고 생각했다. 하지만 매일 먹는 음식의 질이 건강을 좌우한다는 걸 배우면서 생각을 달리하게 되었다. "히끄야, 좋은 사료 먹고 아프지만 말자. 내가 열심히 벌게."

#히끄X인간비글 #히끄대모설 #나한테는안보여주는함박웃음

숨은 조력자, 인간비글

항상 에너지가 넘치는 비글은 지치지 않는 동물의 대명사로 불린다. 이런 매력을 '비글미'라고 하는데 내 주변에도 비글미 넘치는 친구가 있다. 애칭 또한 인간비글이다. 인간비글을 처음 만난 건 6년 전, 여수에 사는 지인의 작업실에서였다. 나보다 두 살 어렸지만 의젓하고 대화가 잘 통했다. 그 뒤로 우리는 서로 사는 지역을 오가며 친해졌다.

제주도에서 자리를 잡을 때까지 응원해주고 가족 이상으로 큰 도움을 준 것도 인간비글이었다. 무엇보다도 히끄를 나 못지않게 아껴줬다. 진짜 비글인 호이를 싫어했던 히끄도 인간비글만큼은 좋아했다. 아마 스트릿 시절부터 쭉 지켜본 사이여서 익숙했기 때문 아닐까. 매일 보는 사이는 아니었지만 히끄는 자기에게 마음 써주는 사람을 기억하고 알아봤다.

인간비글은 히끄가 20일간 실종됐다 나타난 날에도 병원에 함께 가줬고, 휴가 때면 육지에서 차를 가지고 와서 히끄에게 드라이브를 시켜줬다. 그런 인간비글이 친구여서 늘 든든했다. 고양이를 키우는 집사라면 '뜻밖의 사고를 당하면 고양이는 어떡하나' 상상해보기 마련인데, 나라면 뒷일을 걱정하지 않을 것 같다. 인간비글이 누구보다도 보호자 역할을 잘 해주리라 믿기 때문이다.

#히끄 #이놈의집구석왜싸우고난리냥 #나는마음의준비가됐다냥

보내야 하는 걸까

히끄가 아파서 엉겁결에 집으로 들이긴 했지만, 다 나으면 어떻게 할지는 계획이 없었다. 내 미래도 불안정한 마당에 동정심만으로 한 생명을 키울 수는 없었다. 반려동물과 살 때 가장 중요한 건 책임감인데, 나도 당장 못 키우면서 남에게 입양을 권하는 것도 모순 같았다. 히끄에게 마음이 쓰였지만 1년 동안 밖에서만 돌본 것도 이런 이유 때문이었다.

하지만 상처가 아물어가면서 그동안 외면해온 문제를 결정해야 했다. 한카피 님이 먼저 말을 꺼냈다. "내보내면 또 다쳐서 올 수도 있으니까 이번 기회에 입양을 보내면 어떨까? SNS에 홍보 글도 올려보자." 그 말에 가슴이 철렁했다. 상처만 치료해주면 예전처럼 히끄를 방문냥이로 만날 수 있을 줄 알았다. '모르는 사람이 데려가면 다시는 못 보겠지'하고 생각하니 갑자기 눈물이 쏟아졌다. "전 SNS도 하지 않잖아요. 혹시 입양하겠다는 사람이 나서도 믿을 만한지 어떻게 알겠어요? 조금만 더 시간을 주세요."

울먹이는 나를 달래다 한카피 님까지 울음을 터뜨렸다. 나중에 알았지만 그때 한카피 님도 히끄를 보내기 싫었다고 한다. 자신은 호이 때문에 키울 수 없으니 내가 키워줬으면 했지만, 입양을 권하면 부담스러울까 봐 차마 말 못했단다. 감정이 폭발한 우리는 펑펑 울었다. 서운한 마음, 보내기 싫은 마음, 안타까움이 뒤엉킨 채로.

#계약직에서정규직전환기념 #캣닙파티 #뭐든시켜만주십쇼

식객에서 가족으로

그 무렵 고양이를 두 마리 키우는 지인이 제주도로 이사를 왔다. 그녀는 히끄를 보더니 키우고 싶다고 했다. 모르는 사람도 아니니 보고 싶으면 언제든 찾아가 볼 수 있고, 히끄에게도 게스트하우스의 식객 고양이로 사는 것보다는 훨씬 잘된 일이었다. 하지만 막상 보내려니 마음이 이상했다. 불행인지 다행인지, 마침 지인네 집 공사 일정이 꼬이는 바람에 입양은 흐지부지되고 말았다.

그 일을 계기로 히끄에 대한 마음을 깨달았다. 그동안 고생한 만큼 좋은 집에 가서 잘 살길 바란 것도 사실이지만, 다른 사람에게 보내기 싫었다. 언젠가부터 휴대전화 속 사진 폴더는 히끄 사진으로 가득했고, 갈아입은 옷마다 고양이 털이 묻어 있었다. 일을 마치고 다락방으로 올라가면 히끄가 야옹거리며 반겼고, 밤이 깊으면 갸릉거리며 곁에서 잠들었다. 히끄는 이미 내 생활의 일부가 되어 있었다. 잠든 히끄를 보면서 나도 모르게 "이것도 운명인데 같이 살자"라는 말이 나왔다.

5년 전 제주에 처음 여행 왔을 때 가진 거라곤 배낭 하나뿐이었다. 배낭 하나 메고 여기 왔듯이, 언제든 그때처럼 다시 떠날 수 있다고 생각했다. 그래서 살림 하나를 들일 때도 신중하게 고민했다. 짐을 늘리고 인연을 만드는 건 '언제든 떠날 사람'으로 사는 데 방해가 될 뿐이었다. 그런 내가 히끄를 키우기로 한 건 나름대로 중요한 결단이었다. 결국 임시 보호를 시작한 지 열흘 만에 우리는 가족이 되었다.

#창문을열어다오♬ #음치각 #공기반소리반_그걸왜못하니

한밤중의 세레나데

집고양이 생활이 안정되고 편해질 때쯤, 히끄는 새벽마다 아기 울음소리를 내면서 울었다. 처음에는 밖이 그립고 집에서만 보내는 시간이 지루해서 그런 줄 알고 장난감으로 놀아주며 신경을 썼지만, 일주일 내내 그렇게 울어댔다. 아픈 건가 했더니 밥도 잘 먹었고, 새벽에 우는 것 말고는 행동도 평소와 똑같았다. 친한 고양이 집사에게 증상을 이야기하고 왜 그런지 물었더니 "발정난 거야"라고 가르쳐줬다. 그랬구나, 그래서 새벽마다 사랑의 세레나데를 불렀구나.

돌이켜보니 예전에 히끄가 행방불명됐던 20일도 발정기가 아니었나 싶다. 그 무렵 밥 먹으러 오던 길고양이들의 발걸음이 뜸해졌고, 히끄도 다른 수컷들과 영역 다툼을 했는지 다쳐서 오는 날이 잦았기 때문이다. 초여름이 되자 꺼므를 닮은 턱시도 무늬의 새끼고양이들이 보이기에 '히끄 주니어'도 나타나지 않을까 내심 기대했다. 하지만 히끄는 암컷에게 인기가 없었는지 새로운 흰 고양이는 보이지 않았다. 어느 날 갑자기 흰 새끼고양이들이 나타나면 범인은 히끄밖에 없을 테고, 그 고양이들을 다 거둬야 했을 테니 인기가 없었던 게 차라리 다행인지도 모른다.

#돈가스사준대서따라갔더니 #아부지는배신자 #히들히들

중성화 수술

히끄를 키우기로 했던 터라 중성화 수술을 시키기로 했다. 발정기 때 내는 특유의 울음소리와 영역 표시 때문에 집사도 스트레스를 받지만, 고양이도 교배해야 할 시기에 본능을 해소하지 못해 힘들어 하기 때문이다. 반려동물 중성화를 꼭 해야 하는지에 대한 의견은 분분하지만, 개인적으로는 하는 게 낫다고 생각한다. 나는 새끼 고양이를 원치 않았고, 히끄가 발정기에 짝을 찾아 가출하는 일을 방지할 수 있으며, 생식기 관련 질환도 예방되는 장점이 있어서였다.

동물병원에서는 수컷은 암컷보다 수술이 간단하니 걱정하지 말라고 했지만, 마취약 기운에 몸이 축 늘어진 히끄를 보니 짠했다. 의사소통이 된다면 왜 이런 수술을 하는지 설명해줄 수 있을 텐데 그러지 못해서 안타까웠다. 히끄 눈이 감기지 않아서 확실히 마취된 건지 여쭤보니, 원래 고양이는 마취해도 눈이 안 감긴다고 하셔서 안심했다.

중성화 수술은 10분 만에 금방 끝났다. 곧 마취가 풀릴 거라며 원장님이 수술포에 감싼 히끄를 건네주는 순간, 마치 갓 태어난 아이를 받은 기분이었다. '아, 내가 정말 고양이 집사가 됐구나.' 그때 다시 한 번 실감했다.

#뒷모습보여줬는데_남자라고한사람나와 #그게바로 #등발좋은여자의길

'히끄 아부지'가 된 이유

고양이와 함께 살면서 스스로 집사라 부르는 사람도 있고, 엄마나 아빠로 부르는 사람도 있다. 하지만 난 '아부지'라는 호칭이 좋았다. 덕분에 인스타그램 댓글에는 '히끄 아부지'가 남자인지 여자인지 아직도 의견이 분분하다. 프로필에 얼굴 사진을 넣지도 않고 성별을 밝히지도 않았으니 당연하다. 오해를 사면서도 굳이 아부지란 호칭을 고집하는 이유가 있다.

언젠가 TV에서 어미 고양이가 아주 어린 새끼의 목덜미를 물고 어디론가 가는 영상을 본 적이 있다. 고양이는 영역이 안전하지 않다고 느끼면 새끼들을 다른 곳으로 옮긴다. 세 마리를 차례대로 물어 옮기고서야 이사는 끝났다. 문득 어미 고양이가 힘들게 이사하는 동안 아빠 고양이는 어디서 뭘 하나 싶었다. 제 몸 하나 건사하기도 힘든 세상에서 홀로 새끼를 키우는 어미 고양이를 보니, 엄마라는 단어가 너무나 소중하게 느껴졌다. 그래서 엄마라는 호칭만큼은 히끄를 낳아준 진짜 엄마를 위해 남겨두고 싶었다.

언젠가 히끄의 친엄마를 만난다면, 이렇게 예쁘고 착한 천사를 낳아줘서 고맙다고, 히끄는 인간 세상을 재미나게 여행하다가 나를 만나 잘 지내고 있으니 걱정 말라고 말해주고 싶다.

#무엇을상상하든 #그이상빠지는고양이털 #돌돌이발명자에게_노벨평화상을

고양이털에 대처하는 자세

겨울이 가고 봄이 오자 히끄를 쓰다듬거나 안을 때마다 털이 한 움큼씩 빠졌다. 자기 전 얼굴에 크림을 바르고 누우면 떠다니는 털이 살갗에 내려앉을 정도였다. 고양이털이 많이 빠진다는 말은 들었지만 사방에 굴러다니고 날아다니는 털 뭉치를 보니 당황스러웠다. 이 기세로 계속 빠지면 털이 남아나지 않겠다는 생각마저 들었다.

나는 고양이털 알레르기는 없었지만 결벽증이 있었다. 지금은 털 따위 초월해서 그러려니 하지만 처음에는 이불에도, 방바닥에도, 옷에도, 물건에도 붙어 있는 하얀 털이 큰 스트레스였다. 그래서 일명 '돌돌이'라 불리는 테이프 클리너를 온갖 물건에 습관적으로 밀고 다녔다. 영화 《가타카》를 보면 에단 호크가 우마 서먼과 하룻밤을 보내고 나서 자신의 열성인자를 들킬까 두려워 침대에 떨어진 머리카락을 일일이 줍는 장면이 나온다. 히끄와 함께 자기 시작하면서부터 아침마다 에단 호크처럼 잠옷과 이불에 붙은 털을 돌돌이로 하나하나 떼어냈다.

가끔 히끄는 털이 안 빠지는 것 같다며 비법을 물어보는 분들이 있다. 이것 하나는 확실하다. "세상에 털 안 빠지는 고양이는 없습니다." 털이 있는 모든 생명은 털이 빠진다. 사람도 고양이도 마찬가지다. 그러니 빠지는 속도만큼 부지런히 청소하는 게 답이다. 털 날림이 심해지는 환절기에 하루 한 번씩 빗어주면 그나마 덜 빠지니 시도해보길 권한다.

#미용하니작아진얼굴 #거봐요털발맞다니까 #원래주먹만한얼굴이라고요

미용 후유증

함께 살기 시작할 무렵 히끄는 턱과 꼬리에 까만 피지가 깨알처럼 다닥다닥 붙어 있었다. 일종의 고양이 여드름인데, 어디에 났는가에 따라 각각 '턱드름'과 '꼬드름'으로 불린다. 호르몬 과다 분비로 피지 분비가 활발한 고양이, 특히 중성화가 안 된 수컷한테 많이 생기는 피부병이라고 했다. 내버려두면 피부가 괴사할 수 있다기에 매일 소독과 클렌징을 해줬다. 그런데 털이 촘촘하게 난 곳을 소독하고 약을 바르면 엉키고 기름져 관리가 힘들었다. 마침 털도 많이 빠지던 시기라서 이참에 미용을 시키기로 했다.

강아지도 미용을 시키면 스트레스를 받는데, 예민한 고양이는 스트레스를 많이 받을 것 같아 과연 미용을 해도 될지 고민이 많았다. 하지만 인터넷으로 검색해보니 정기적으로 미용하는 고양이가 의외로 많았다. 수더분한 히끄 성격이라면 미용을 해도 스트레스를 받지 않을 것 같았다. 동물병원에 히끄를 맡기고 근처에서 기다리다 데리러 갔는데, 꼬리 끝은 미용이 안 돼 있었다. 다른 곳은 털이 짧은데 꼬리털만 동그랗게 남아 있는 게 눈에 거슬렸다.

미용할 때 꼬리털을 깎지 않는 이유가 있다. 고양이가 기억하는 자기 꼬리는 털로 뒤덮인 모습인데, 갑자기 털이 없어지면 자기 꼬리인지 모르고 공격할 수도 있기 때문이란다. 그러나 설마 성격 좋은 '꿀고양이' 히끄가 그럴 리 없다고 생각했다. 그래서 자신만만하게 꼬리도 미용해달라고 했다. 그게 화근이 될 줄은 몰랐다.

#솜방망이가커졌다냥 #내털옷훔쳐간놈 #핵꿀밤한대먹여야겠다냥

다 내 잘못이다

집에 돌아왔을 때만 해도 괜찮았지만 밤이 되자 히끄는 꼬리를 공격하기 시작했다. 털도 없는 낯선 녀석이 자꾸 눈앞에 왔다 갔다 하니 신경이 쓰였나 보다. 화가 나서 꼬리를 바닥에 탁탁 치고, 그게 거슬려서 꼬리를 공격하는 악순환이 이어졌다. 고양이의 꼬리는 별개의 인격체라던데, 정말 히끄는 바보처럼 꼬리가 제 몸의 일부란 걸 알아보지 못했다.

미용했던 동물병원에 급히 전화하니 밤이 늦어 이미 문을 닫은 후였다. 히끄는 새벽까지 자지 않고 꼬리잡기에 열중했고, 그걸 말리느라 나도 뜬눈으로 밤을 샜다. 다음날은 또 주말이라고 병원에서 전화를 안 받았다. 설상가상으로 한카피 님까지 해외여행을 가서 부재중이었다.

울면서 주말에도 문을 여는 다른 병원을 수소문해 찾아갔다. 날카로운 이빨로 수없이 깨문 바람에 꼬리 끝은 이미 너덜너덜해졌다. 수의사 선생님은 "지켜봐야겠지만 심하면 꼬리 부분에 털이 안 날 수도 있고, 뼈가 휠 수도 있다"고 했다. 병원에서는 플라스틱 넥카라와 함께 소독약을 처방해줬다. 꼬리털이 자랄 때까지 공격하지 못하게 넥카라를 씌워야 하고, 하루에 서너 번 소독해줘야 했다. 고작 히끄와 한 달 지내놓고 모든 걸 다 안다고 여긴 자만심의 결과였다. 그게 내 잘못 같아서, 아니 모든 게 내 잘못이어서 죄책감에 시달렸다.

#아부지가미안하다 #고개를숙이고 #오른손을내민다

털 잃고 꼬리 고치기

집으로 돌아와 히끄에게 넥카라를 해줬더니 다행히 적응을 잘했다. 걱정이 되어 게스트하우스 청소 시간만 빼고는 계속 곁에 있었다. 화장실에 갈 때나 사료와 물을 먹을 때는 편하게 넥카라를 풀어주고 싶었다. 플라스틱 넥카라는 머리를 숙일 때마다 벽이나 바닥에 탁탁 부딪쳤다. 그럴 때마다 내 마음도 쿵쿵 내려앉았다. 플라스틱이 아닌 다른 재질은 없나 찾아보다가 천으로 만든 넥카라를 파는 곳이 있어서 주문했다. 만약 나 때문에 히끄에게 장애가 생긴다면 평생 죄책감을 안고 살 것 같았다.

다른 고양이에게도 이런 사례가 있는지 검색해봤지만 쉽게 찾을 수 없었다. 며칠간 수소문한 끝에 같은 일을 경험한 분을 발견하고 쪽지를 보냈다. 감사하게도 그분이 전화를 주셨다. 아이가 태어나면서 알레르기 때문에 고양이 미용을 시켰는데, 꼬리 부분까지 털을 밀었더니 제 꼬리를 뼈가 드러날 정도로 공격했다고 한다. 그 집 고양이는 히끄보다 더 심했지만 다행히 지금은 꼬리털도 자랐고 뼈도 휘지 않았다면서, 털이 다시 자랄 때까지 소독을 잘해주라고 했다.

마음이 조금 놓였지만 그분과 통화하기 전까지 며칠간은 밥도 제대로 못 먹을 만큼 괴로웠다. 내 섣부른 판단 때문에 히끄는 한 달 동안 넥카라를 하고 지내야 했다. 다행히 상처가 덧나지 않아 잘 아물었지만, 오랜 시간이 지난 지금도 그때를 생각하면 악몽 같다.

#뭐_이사간다고? #우리아직몸이안바뀌었다멍 #그냥생긴대로살자냥

안녕, 슬로우트립

처음부터 히끄를 키우기로 선뜻 결심하지 못한 데는 다른 사정도 있었다. 그 무렵 슬로우트립에서 독립할 준비 중이었기 때문이다. 한카피 님을 처음 만난 건 대학을 졸업하고 허송세월하다 제주로 도피성 여행을 떠났을 때였다. 우리는 올레길을 함께 걸으며 많은 이야기를 나눴다. 진로에 대한 생각을 정리하러 떠난 여행이었지만 고민만 커졌다. 육지로 돌아가서도 제주로 다시 가고 싶다는 생각만 들었다.

고향으로 돌아가 '뭘 하며 살아야 하나' 고민하던 동안, 한카피 님은 공사 사기를 두 번이나 당하고도 꿋꿋이 슬로우트립을 열었다. 하룻밤 재워달라고 놀러갔다 얼떨결에 스태프로 취직한 나는 돈으로 살 수 없는 수많은 경험을 했다. 제주에서 조금이라도 성장했다면 한카피 님 덕이었다. 하지만 스물일곱에 내려온 제주도에서 서른을 맞이하고 보니, 언제까지나 스태프로 지낼 수는 없었다. 작으나마 나만의 공간을 꾸리고, 그간 슬로우트립에서 일한 경험을 살려서 민박을 운영해보고 싶었다.

때마침 육지에서 귀농해 단호박 농사를 짓는 효진 언니가 오조리에 집을 샀다며 구경 오라고 했다. 새 집은 슬로우트립에서 걸어서 3분 거리의 아담한 농가주택이었다. 경기도에서 이사 온 부부에게 세를 줄 거라고 해서 아쉬웠다. 기회를 놓친 게 아까웠지만 1년 후를 기약했다. 그동안 손 놓고 기다릴 수도 없어서 틈틈이 사업 계획서를 쓰며 집을 알아봤다.

#이렇게집이많은데_내집이없다니 #제주도집값 #이거실화냐

집 없는 설움

집을 구하는 일은 진전이 없었다. 일단 제주도에 왔던 3년 전보다 집값이 많이 올랐다. 돈이 없었기 때문에 전세가 아닌 연세로 집을 얻어야만 했다. 제주도에서는 집을 빌릴 때 1년 치 임대료를 한 번에 내는데 이를 연세라고 한다. 마음에 드는 집이 좀처럼 나오지 않아서 다른 동네도 돌아다녔지만, 3년 동안 살면서 익숙해진 오조리만 한 곳이 없었다.

한겨울에 집을 보러 다니는 것도 쉽지 않았다. 부동산 중개소에서는 돈 없는 내게 엉뚱한 매매 물건을 권하기도 하고, 찾는 매물을 말하면 동네 슈퍼에 물어보라며 등을 떠밀었다. 조언대로 슈퍼를 찾아가 음료수를 사면서 집 나온 곳이 있는지 조심스럽게 물어보면 "젊은 처자가 시집이나 가지, 뭐하러 혼자 제주도에 살려고 해?"라는 핀잔을 들어야만 했다. 가까운 사이로 생각했던 이웃은 "돈도 없으면서 바라는 게 많다"며, 눈을 낮춰야 집을 얻을 수 있을 거라고 면박을 줬다.

비가 새지 않고 방 한 칸 있는 수준의 집을 원하는 게 너무 큰 욕심인가? 집을 보러 다니는 동안 하도 상처를 받아서 많이 울었다. 밤마다 육지로 돌아가야 하나 고민할 정도였다. 히끄가 길고양이였던 시절, 여기가 내 집이었으면 하는 마음으로 슬로우트립을 찾아왔던 심정을 이해할 수 있을 것 같았다.

#어서이삿짐실으라냥 #오늘은짜장면먹는날 #탕수육시킨사람누구냥

복덩이 히끄

이사할 집을 구하러 다닐 무렵만 해도 아직 히끄를 입양하겠다는 결심을 하지 못한 때였다. 원하는 조건의 집을 찾으러 다니는 동안 시간이 흘러 새해가 밝았고, 그동안 히끄는 20일간 행방불명됐다가 다시 돌아왔다. 히끄의 거취를 결정해야 할 때가 왔지만, 남의 집 다락방 한 칸에 얹혀사는 처지에 고양이까지 들이기란 쉽지 않았다.

그런데 뜻밖의 행운이 찾아왔다. 효진 언니네 집에 들어오기로 했던 세입자가 계약 연장을 하지 않고 신축 주택으로 가기로 했다는 것이다. 덕분에 조금만 기다리면 점찍었던 그 집에 들어가 살 수 있게 되었다. 지금 히끄와 사는 집이 바로 효진 언니네 집이다. 히끄를 입양해야겠다고 결심하니 집 문제가 저절로 해결됐다. 아무래도 히끄가 날 가족으로 간택하려고 마법을 부린 것 같다.

#심심하니까같이들어가자냥 #현대판순장 #무당벌레살려

이동장 적응 훈련

이사를 앞두고 리모델링 준비를 하느라 일주일간 육지에 다녀와야 했다. 히끄와 같이 지낸 지 석 달밖에 안 됐지만, 우리는 이미 떼려야 뗄 수 없는 사이였다. 일주일이나 떨어져 지낼 수는 없었다. 길에서 오래 지낸 히끄를 위해 육지의 큰 병원에서 검진도 받고 싶었다. 하지만 비행기를 타본 적 없는 히끄가 좁은 이동장 안에서 버틸 수 있을지, 다른 승객에게 불편을 주진 않을지 걱정이었다. 배에서는 히끄 상태를 계속 살필 수 있었지만, 비행기에서는 규정상 이동장을 열면 안 됐기 때문에 비행기 타는 횟수를 한 번이라도 줄여야 했다. 결국 육지에 갈 때는 배를 타고, 제주도로 올 때만 비행기를 타기로 했다.

출발 일주일 전부터 이동장을 꺼내놓고 예행연습을 했다. 이동장 안에는 밥과 간식, 장난감 등을 넣어 거부감이 없게 했다. 얼마 전 꼬리 미용 때문에 고생시킨 터라 같은 실수를 반복할 수 없었다. 이동장 안에서는 배변을 해결할 수 없으니 출발 전 미리 화장실에 다녀와야 했다. 다행히 히끄는 아침마다 화장실에 가는 규칙적인 고양이라서 문제없었다.

드디어 육지로 가는 날, 히끄는 일어나자마자 화장실에 가서 대소변을 봤다. 수분을 미리 보충해주기 위해 습식 사료를 주고 히끄를 이동장에 넣었다. 배를 타고 가면서 계속 상태를 확인했지만 야옹 소리 한 번 안 내고 얌전했다. 너무 기특하고 고마웠다. 덕분에 안전하게 육지에 도착했다.

#꿀고양이 #푸쳐핸섭 #꼬리붕붕

'적응력 갑'인 고양이

육지로 안전하게 이동하는 것도 중요했지만, 낯선 집에 도착했을 때 적응을 잘하는 것도 중요했다. 바뀐 환경을 낯설게 느끼지 않도록 화장실과 모래를 집에서 쓰던 것과 같은 제품으로 미리 주문해두고, 사용하던 식기와 좋아하는 장난감을 챙겨 갔다. 집에 도착하자마자 히끄는 낮은 포복 자세로 이곳저곳 탐색하더니 자연스럽게 화장실에 들어가 오줌을 쌌다. 육지에서 할 일이 많았지만 이틀 동안은 히끄와 함께 집 안에만 있었다. 낯선 공간에 혼자 두는 것도 싫었지만 물을 잘 먹는지, 잠을 잘 자는지, 화장실을 잘 가는지 같이 있으면서 지켜봐야 했다.

히끄는 층간소음과 복도에서 나는 소리에 눈을 동그랗게 뜨며 반응했지만, 제주에 있을 때처럼 적응을 잘해주었다. 낯선 냄새가 나는 침대에서도 발라당 누워 꼬리 붕붕을 하며 놀았고, 심심하면 베란다로 나가 지나가는 사람과 차를 내려다보기도 했다. 평지에 있는 제주 집에서는 볼 수 없는 풍경이라 신기했을 것이다. 고양이는 영역 동물이어서 낯선 공간에 가면 스트레스를 받는다지만, 히끄는 언제 어디서나 '적응력 갑'인 고양이였다. 그게 대견스럽다가도 버림받지 않기 위한 행동이 아닐까 생각하니 찡했다.

#사방에적 #여기서믿을자는이사람뿐 #아임유어파더

두근두근 건강 검진

육지 생활에 익숙해진 며칠 뒤, 추천받은 동물병원에 갔다. 혈액 검사를 하려 했지만 원장님은 "건강해 보이고 특별히 아픈 곳도 없으니 굳이 할 필요가 없다"고 했다. 그래서 심장사상충 감염 검사만 하기로 했다. 제주도는 다른 지역에 비해 기온이 높아 한겨울을 제외하면 언제나 모기가 있다. 특히 집 근처에는 연못이 있어서 한여름 모기가 엄청났다. 길고양이 시절 미처 심장사상충 예방을 못 해준 게 신경 쓰였다.

원장님이 히끄의 털북숭이 팔에서 피를 뽑았다. 히끄는 외마디 울음소리를 내며 짜증을 냈지만 이후에는 기특할 정도로 얌전했다. 심장사상충 검사 키트에 혈액을 떨어뜨렸을 때 한 줄이 나타나면 음성 반응, 두 줄이 나타나면 양성 반응이라고 한다. 결과가 나오기까지 10분이 하염없이 길게 느껴졌다. 기다리는 동안 히끄의 숨소리가 거친 이유와, 재채기할 때 사람처럼 코딱지와 콧물이 나오는 이유는 뭔지 여쭤봤다. 고양이는 콧물을 흘리면 바이러스에 걸린 거라고 어디선가 본 적이 있었다. 원장님은 청진기를 대보더니 호흡은 정상이고, 콧물이 계속 흘러내리는 정도가 아니면 괜찮다고 했다.

문진을 하는 사이, 심장사상충 키트에 선이 한 줄 나타났다. 조금 뒤에 또 한 줄이 더 생기는 건 아닐까? 유난스러운 내 머리는 벌써부터 치료 계획을 세우고 있었다. 다행히 선은 그대로 한 줄뿐, 음성이었다.

#내나이묻지마세요내이름도묻지마세요♬ #제주탱고 #묵비권을행사한다냥

궁금한 '냥적사항'

동물병원에 온 김에 히끄의 품종과 나이를 알아보고 싶었다. 종에 따라 성격과 주의해야 할 유전병이 다르고, 대충이라도 나이를 알아야 건강 상태를 점검하는 데 도움이 되기 때문이다. 처음 봤을 때는 터키시 앙고라인가 생각했지만, 털이 점점 풍성해지고 얼굴이 호빵같이 커지는 걸 보면 그렇지만도 않은 것 같았다. 나이도 정확히 몰랐다. 놀러 온 고양이 집사들의 반응도 "3살 같다"부터 "10살은 돼 보인다"는 추측까지 제각각이었다. 3살이라고 하면 기분이 좋았다가, 10살 같다는 말을 들으면 '실컷 밖에서 놀다가 늘그막에 요양하러 온 거 아니야?' 하고 의심했다.

원장님은 히끄가 브리티시 쇼트헤어와 터키시 앙고라의 혼혈 같고, 나이는 3살(2015년 당시)로 추정된다고 했다. 나이가 많을수록 함께할 시간도 줄어들기 때문에, 몇 살인지가 내게는 민감한 정보였다. 길고양이나 유기묘는 양치와 스케일링을 못 하기 때문에 치석이 쌓인 정도로 나이를 가늠한다. 하지만 그것도 이빨 상태로 유추하는 것일 뿐 정확한 건 아니었다. 히끄는 잇몸이 빨갰고 충치도 몇 개 있었다. 치료가 급한 건 아니지만 심해지면 발치해야 한다고 했다.

그 말을 듣고 나니, 히끄가 길고양이 시절 침을 흘리면서 사료를 잘 씹지 않고 삼키던 모습이 스쳐갔다. 그때는 '맛있어서 침 흘리며 먹나 보네'하고 마냥 행복하게만 봤는데, 이미 그때부터 아팠지만 긍정적인 성격으로 버틴 거라 생각하니 마음이 아렸다.

#폭죽은터트리지마라냥 #심장이놀란다냥 #쿠크다스심장

고무줄 나이

누군가 히끄의 나이를 물어보면 3살이라고 답한다. 물론 2017년 기준이다. 하지만 입양한 지 얼마 되지 않아 대전시, 당진시, 제주시에 있는 세 곳의 동물병원을 돌아다니며 물어봤을 때는 추정 나이가 각각 3살, 5살, 7살로 제각각이었다. 동물병원에서 추정하는 나이조차 이렇게 편차가 클 만큼 부정확하다면, 차라리 함께 지냈던 2014년부터 나이 계산을 다시 하기로 했다. 히끄가 힘들었던 시간을 리셋하듯 다 잊고, 0살부터 다시 시작하면 좋겠다고 생각했다.

내가 정한 히끄의 생일은 1월 27일. 20일 동안 행방불명되었다가 집으로 돌아온 날이다. 돌아오자마자 히끄를 키워야겠다고 생각한 건 아니지만, 그날부터 지금까지 우리는 한 공간에서 가족처럼 함께 지냈다.

수의사 선생님은 모를 것이다. 히끄가 얼마나 호기심이 많은지, 얼마나 활동적인지, 얼마나 표현을 잘 하는지…. 이런 행동은 대개 어린 고양이들이 하는 행동이다. 남들은 모르지만 나만 아는 그 모습들을 사랑했다. 물리적인 나이가 몇 살이든 히끄는 내게 어린아이이다. 3살 생일을 축하하던 날, 3이란 초에 0을 하나 더 붙여서 히끄가 딱 30살 될 때까지만 건강하게 같이 살기를 빌었다.

#캥거루 #아니아니히끄 #외출하면친해지는사이 #쇼윈도부자

고양이와 비행기 타기

일주일간의 육지 생활을 끝내고 다시 제주도로 돌아갈 날이 왔다. 배를 타고 올 때는 히끄도 얌전했지만, 비행기를 타면 어찌될지 몰랐다. 히끄를 수하물 칸으로 보내기 싫어서 고양이와 기내 탑승을 할 수 있는 항공사를 알아보니, 티웨이항공에서는 반려동물과 이동장을 포함해 7kg 이내면 가능했다. 일단 나만 먼저 항공권을 예약하고 히끄는 따로 콜센터에 전화해 추가 예약했다.

비행 당일 공항에 도착해 무게를 재어보니 이동장을 포함해 5kg이 조금 넘었다. 1kg당 2천 원의 요금이 발생해서 히끄의 항공료는 1만 원이었다. 반려동물 신변에 대한 서약서를 체크하고 보안 검색대에 섰다. 보안요원에게 이동장에 고양이가 있다고 말하니 "모든 소지품은 X-Ray를 통과해야 하니 고양이를 안아서 검색대를 통과해야 한다"고 했다. 사람이 많이 대기하고 있어서 긴장하며 히끄를 품에 안았다. 히끄는 얌전히 안겨 검색대를 통과하고 이동장에 다시 쏙 들어갔다. 비행기가 이착륙할 때도 울지 않고 조용히 있어줬다.

요즘도 가끔 육지에 오래 머물 일이 있으면 히끄와 함께 비행기를 타고 간다. 그때마다 준비할 것도 많고 신경도 많이 쓰이지만, 외로움을 타는 히끄를 집에 혼자 두는 것보다 안심이 된다.

#교실바닥에왁스칠한기억 #초등학교세대입니다만 #아부지나이논란

우리의 첫 보금자리

육지에 다녀오고 나서 바로 이사 준비를 했다. 슬로우트립에서 이사할 집까지는 걸어서 3분 거리여서 큰 비닐봉지에 짐을 대충 넣었다. 짐이 별로 없어 그것만으로도 충분했다. 모두 옮긴 뒤에 히끄를 데리고 왔다. "히끄야, 여기가 이제 우리 집이야." 처음 생긴 나만의 집이라 감개무량했다.

이사한 집은 1980년대에 지은 농가주택인데 내부 바닥과 벽, 천장을 나무로 마감해서 고풍스러웠다. 제주도에 사는 이웃집에 놀러갔을 때도 비슷한 모양이었던 걸 보면 당시 원목 인테리어가 유행했던 모양이다. 창문과 방문도 나무 미닫이문이라 예뻤다. 하지만 자세히 보니 벌레도 많았고, 바닥과 벽에 곰팡이가 심하게 피어 도배와 장판을 다시 해야 했다. 이런 곳에서 살면 건강도 나빠질 것 같아 히끄한테 미안했다. 게다가 가구도 아직 배송되지 않아서 텅 빈 집은 황량하기 짝이 없었다. 이런 집에서 혼자 살 수 있을지 자신이 없어졌다.

새 집에서 맞이한 첫날밤, 5월인데도 바람이 많이 불었다. 나무로 만든 구식 창문은 바람이 불 때마다 누가 밖에서 흔드는 것처럼 덜컹거렸다. 제주로 와서 혼자 지내는 건 처음이라 무서웠다. 하지만 히끄는 아무렇지 않은 듯 깊이 잠들었다. 그 모습을 보니 조금 안심이 됐다.

#위층에고양이가산다 #층간소음조심해주세요 #찍소리못하겠쥐

공사다망한 집

집은 손볼 곳이 많았다. 안채는 욕실 리모델링만 하면 됐지만, 마당 한쪽에 있는 낡은 창고를 수리해서 조그마한 민박을 할 계획이어서 어려웠다. 공사는 인테리어 전문가가 하지만, 배관부터 전기까지 옆에서 하나하나 주문하지 않으면 일이 진행되지 않았다. 리모델링하는 두 달간 공사 소음과 함께 아침을 시작했고, 저녁에는 자재 주문으로 하루를 마감했다. 계획대로 되는 게 하나도 없었고 변수도 많았다.

준비를 완벽히 했다고 생각했지만 막상 실전으로 접어드니 준비한 건 필요한 부분 중 10%도 안 됐다. 자신만만했던 나는 현실을 깨닫고 겸손해졌다. 집을 지으면 10년은 늙는다는데, 이 조그마한 집을 리모델링하는 것만으로도 몸무게가 10kg이나 빠졌다. 스트레스를 많이 받으면 생겼던 원형탈모증도 10년 만에 재발했다. 공사 예산도 2배나 초과하는 바람에 대금 결제일이면 미안해하며 엄마에게 전화해 돈을 빌렸다. 이쯤에서 공사를 멈춰야 하나 고민도 많았다.

내가 매일 스트레스를 받는 것과 달리 히끄는 행복해 보였다. 공사 소음으로 시끄러워도 꿀잠을 잤고, 집이 하루하루 다르게 변해서 낯설 텐데 그것 또한 즐기는 듯 적응을 잘해주었다. 히끄가 중심을 잘 잡아준 덕분에 힘든 상황에서도 안정감을 느낄 수 있었다.

#스테이오조홍보부장 #재능기부라쓰고_재능착취로읽는다 #일은하지않지만_능력있는게함정

스테이 오조, 시작했습니다

새 집 대문은 산뜻한 민트색으로 칠하고 빨간 우체통을 달았다. 그리고 안채 옆 낡은 창고를 개조해 작은 민박집을 시작했다. 평소 여행을 많이 다니면서 숙소에 대해 아쉬웠던 점, 게스트하우스 스태프로 지내면서 얻은 경험들을 녹여내고 싶었다. 욕실을 포함해 7평에 불과한 작은 공간이지만, 손님이 편하게 지낼 수 있게 사소한 것부터 신경을 썼다. 안채와 같은 마당을 쓰는 것 외에는 독립적인 공간으로 만든 것도 그런 이유에서였다. 민박 이름은 이곳 오조리 마을의 이름을 따서 '스테이 오조'로 지었다.

하루에 한두 명만 묵을 수 있는 독채 민박이라 수입은 빤하지만, 적게 벌고 적게 쓰면 그뿐이다. 약속 없는 날이면 온종일 집에 있으면서 히끄와 함께 할 수 있다는 점, 그것이 민박집 주인으로 사는 삶의 가장 큰 장점이다. 예상치 못한 공사비 초과로 마음고생도 많았고, 삐뚤삐뚤 시공된 타일이 완벽주의자의 눈에는 살짝 거슬리지만 이 집에서 사는 지금이 행복하다.

#음식앞에선한결같은고양이 #빨간거포기못한다냥 #뼛속까지한국냥

히끄의 식탐

길고양이로 살았던 기억 때문인지 히끄는 사람 음식에 관심이 많았다. 특히 김치에 유난히 집착했다. 밥상을 차리면 가자미눈을 뜨고 보다가 슬며시 앞발을 내밀었다. 길고양이 시절 짜고 매운 잔반을 먹고 다녀서인지 빨간색만 보면 옛날 먹던 음식 생각이 났나 보다. 하지만 사람 입맛에 맞춰 짜고 맵게 간을 한 음식을 줄 수는 없어서, 그때마다 젓가락으로 앞발을 탁 쳐서 '역모 제압'을 했다.

맛있는 걸 먹을 때 히끄가 입맛만 다시면서 구경하는 게 미안하고, 만날 사료만 먹기엔 지겨울 것 같아 히끄 전용 간식 그릇을 만들어주었다. 스타벅스에서 장만한 곰 모양 접시인데 거기에 고양이 간식을 차려 줬다. 너무 많이 주면 건강에 안 좋다고 해서 다섯 알씩만 주는데, 내가 디저트를 다 먹기도 전에 홀랑 다 집어먹고 시치미를 뗀다. 안 먹은 것처럼 굴면 다시 줄 거라고 생각하는 모양이다.

#이거내접시아니냥 #음식은압수한다냥 #귀신같은눈썰미

#사진찍는사이 #트릿7개먹고안먹은척 #냥아치니?

#난참바보처럼살았군요 #부끄러운아부지의과거 #포기가제일쉬웠어요

포기란 없다

나는 무슨 일이든 잘 포기하는 버릇이 있었다. 어른들이 시키는 대로만 하면 됐던 청소년기에는 안 그랬지만, 성인이 되어 자기결정권이 생기면서 하기 싫은 일은 도중에 그만둬버렸다. 처음 입학한 대학에 적응을 못 해서 자퇴한 후 다른 대학에 들어갔고, 그 학교에서도 졸업을 앞두고 학사경고를 받아 졸업 이수 학점이 모자란 바람에 계절학기 수업을 들어야만 했다. 졸업 후 취업이 안 되자 제주도로 여행을 빙자한 도망을 왔다.

집을 수리하면서도 감당하기 힘든 일이 많아서 '무슨 부귀영화를 누리자고 이 고생을 하나, 다 그만두고 육지로 돌아가 버릴까?' 생각했다. 혼자라면 포기하고 떠나기도 쉬웠을 것이다. 하지만 히끄가 있으니 섣불리 행동할 수 없었다. 그전까지는 내가 히끄의 보호자라고 생각했는데, 철없는 고민을 할 때마다 히끄가 중심을 잡아주었다. 막막한 현실 앞에서 도망치고 싶은 생각이 들다가도, 히끄의 맑은 눈망울을 볼 때마다 '지금 무슨 생각을 한 거지?'하고 죄책감마저 들었다. 툭하면 포기하고 도망가던 나쁜 버릇은 이렇게 고쳐졌다.

#히리즌브레이크 #털속에문신있냥 #큰머리사용법

탈출의 명수

고양이는 앞발 힘이 생각보다 세다. 그리고 우리가 상상하는 것보다 훨씬 똑똑해서, 사람이 하는 행동을 유심히 지켜보고 사물이 어떻게 동작하는지 기억한다. 예전에 히끄가 살던 슬로우트립 문은 사람이 힘줘 밀어야 열리는 유리문이었지만, 이사 온 집은 가벼운 새시로 만든 미닫이 문이었다. 안이나 밖에서 잠그지 않으면 쉽게 열린다. 한마디로 고양이가 문을 열기엔 최적의 조건이었다.

며칠간 내가 문을 밀고 여는 것을 지켜본 히끄는, 앞발로 문을 당겨 조그만 틈을 만들더니 머리를 들이밀어 틈을 넓히고 다시 문을 잡아당기기를 반복했다. 이사 온 이래 최초의 탈출이었다. 이 한 방을 성공시키기 위해 얼마나 머릿속으로 시뮬레이션했을지 생각하면, 타고난 천재이거나 엄청난 노력파임에 분명했다. 문 여는 데 걸린 시간은 10초도 채 되지 않았다. 하지만 대문을 잠가뒀기 때문에 골목으로는 나갈 수 없었다. 마당에 나가봤자 할 수 있는 일이라곤 좌우로 구르면서 땅바닥에 몸을 비비거나 텃밭에 가서 밀 싹을 먹는 일뿐이었다.

#내가이러려고산책시켰나 #자괴감들고괴로워 #냥빨당첨

#탈주범체포 #훠어 #얼떨결에서울구경

#팜오조 #거름필요하면말만하라냥 #끙아끙아

유기농 텃밭, 무관심 농법

집 옆에는 70평짜리 밭이 딸려 있는데 집을 빌리면서 밭 사용권도 함께 받았다. 이사 온 첫해에는 공사 때문에 바빠 방울토마토와 쌈 채소만 심었는데도 따먹는 재미가 쏠쏠했다.

시골에서는 차가 없으면 대형마트에 한번 가기도 쉽지 않다. 또 마트에서 파는 식재료 기본 단위는 1인 가구가 소화하기엔 양이 너무 많다. 그래서 뭘 하나 사려면 정말 나한테 필요한 건지 고민하느라 생각이 많아진다. 특히 냉장고에 뭘 쟁여놓는 걸 좋아하지 않아서 마트는 자연히 멀리하게 됐다. 하지만 텃밭이 생긴 뒤로는 우유나 달걀처럼 자급자족할 수 없는 식재료나 공산품을 살 때 말고는 마트에 갈 일이 없어졌다. 요리 재료가 필요하면 바구니를 들고 텃밭에 나간다.

주로 먹고 싶은 채소를 심지만, 가지처럼 별로 좋아하지 않는 채소를 심기도 한다. 버리기 아까워서 꾸준히 먹게 되기 때문이다. 채소들은 모두 무농약으로 키웠다. 직접 심고 수확한 재료로 히끄의 자연식을 만들어주고 싶어서다. 농약을 치지 않으면 손이 많이 가고 병충해에 약했지만, 덕분에 히끄가 텃밭에 들어가 놀아도 안심할 수 있었다. 워낙 대충 짓는 농사여서 '무관심 농법'이라고 부를 정도였지만 고맙게도 채소들은 잘 자라주었다.

#아부지검질하라냥 #악덕지주 #갑질논란

#고구마호박모르냥 #나문히끄 #호.박.고.구.마_호박고구마!

#겸상하는고양이 #아부지반찬은_구경만해라 #치사하다냥

자연식 밥상

텃밭에 심었던 단호박과 고구마가 먹을 만하게 자랐기에 《개·고양이 자연주의 육아백과》에 나오는 레시피를 참고해 자연식을 만들어주었다. 사료에만 길들여진 입맛이라 반응이 어떨까 걱정했는데 아주 맛있게 먹어주었다.

시골에 사니 직접 농사지은 채소로 내 고양이를 위한 자연식을 만드는 기쁨이 있다. 자연식 전문가는 아니어서 매일 주식으로 만들어주진 못하지만, 평소에는 사료와 습식 캔을 섞어 먹이고, 계절이 바뀔 때마다 제철 재료를 써서 별식을 만든다. 물론 사람 입맛에 맞게 간을 한 음식을 똑같이 나눠 먹는 건 아니다. 사람과 고양이가 함께 먹을 수 있는 식재료를 쓰고, 히끄를 위한 음식을 따로 만들 뿐이다.

고양이도 사람과 마찬가지로 무엇을 먹는가가 중요하다. 사실 사료는 사람이 편하자고 개발한 음식일 뿐, 시간과 경제적인 여유가 있다면 자연식을 만들어주는 게 좋다고 생각한다. 손은 좀 가지만, 내가 먹을 음식과 히끄의 밥을 함께 만들어 나눠 먹는 시간이 참 좋다. 어떤 고급 식당 부럽지 않은 우리만의 만찬이니까.

#입술에뭘발랐쓰까 #슈에묘라144 #발색괜찮냥

치아 흡수증

어느 날 히끄의 입을 자세히 보니 앞니가 아래위로 한 개뿐이었다. 다른 고양이 집사에게 "혹시 앞니 없는 고양이도 있나요?"하고 물었더니 "작아서 그렇지 자세히 보면 다 있어요"라고 했다. 생각해보니 히끄가 언젠가부터 사료를 먹을 때 잘 씹지 못하고 "앙앙앙" 소리를 냈다. 입 냄새도 심했다. 많이 불편한가 싶어 입을 벌려 보니 송곳니 하나는 금이 가고 어금니엔 충치도 보였다. 육지에서 검진했을 때는 발치할 정도는 아니라고 했지만, 걱정이 되어 제주시에 있는 병원에서 다시 구강 검진을 받았다.

히끄의 병명은 '치아 흡수증'이었다. 정확한 원인은 모르지만 꽤 많은 고양이가 이 병에 걸리며, 이빨이 녹는 것이 증상이라고 했다. 원장님은 "사람도 유독 충치가 잘 생기는 치아가 있듯이, 고양이도 그렇게 생각하면 쉽다"고 설명했다. 어금니를 2개 이상 뽑을 수도 있다고 했다. 다른 부위에 전이되기 전에 뽑아야 한다고 해서 수술 날짜를 잡았다.

앞니도 거의 없는데 어금니까지 뽑으면 사료를 먹을 때 아프지 않은지, 평생 습식 사료만 먹어야 하는지 여쭤봤다. 원장님은 "송곳니와 다른 어금니가 있어서 건사료를 씹어 먹을 수 있으니 괜찮다"며 대수롭지 않은 듯 답했다. 사람은 치아가 하나라도 없으면 치열이 망가지고 음식을 먹기도 힘든데, 고양이는 괜찮은가 보다. "이가 없으면 잇몸으로 산다"는 말은 꼭 고양이를 두고 하는 말 같다.

#어린이는딸기맛치약 #냥린이는닭고기맛치약 #양치할땐스코티시폴드로변신

이빨 관리는 미리미리

수술 당일 정오쯤 히끄를 데리고 동물병원에 갔다. 집에 돌아와 기다리는데 수의사 선생님이 전화를 걸어왔다. 수술 전에 X-Ray를 찍었는데 2개는 치아 흡수증이 심하게 진행됐고, 2개는 진행 단계여서 1년 내에 발치해야 한다고 했다. 2개는 이미 발치했지만 마취한 김에 나머지 2개도 발치하는 게 좋겠다고 해서 동의했다. 치아 흡수증에 걸린 이빨은 뿌리부터 썩기 때문에 잘게 부숴 긁어내야 해서 수술 시간이 오래 걸렸다.

오후 6시쯤 수술이 끝났다는 전화를 받고 병원에 갔지만, 마취가 아직 안 깨서 회복실에 있으니 두어 시간 뒤에 다시 오라고 했다. 예상보다 대수술이었다. 오후 9시에 가서도 한 시간을 더 기다린 뒤에야 간신히 퇴원할 수 있었다. 덜 아프게 해주려고 한 수술이지만 히끄에게 미안했다. 잇몸을 꿰맸기 때문에 히끄는 한동안 부드러운 습식 사료만 먹어야 했다. 많이 아플 텐데도 다행히 밥을 잘 먹어줘서 회복이 빨랐다.

개는 간식으로 뼈도 먹고 개껌을 수시로 먹기 때문에 구강 관리가 비교적 쉽지만, 고양이 이빨 관리는 양치를 꾸준히 해주는 것만이 답이다. 양치에 익숙해지게 하려고 처음에는 치약 맛만 보게 하고, 서서히 양치를 시킬 생각이었다. 하지만 히끄는 닭고기맛 치약만 맛있게 먹고 막상 이빨을 닦으려면 도망쳤다. 그래서 요즘은 도망가지 못하게 품에 안고 양치하거나, 바르는 치약으로 관리해준다.

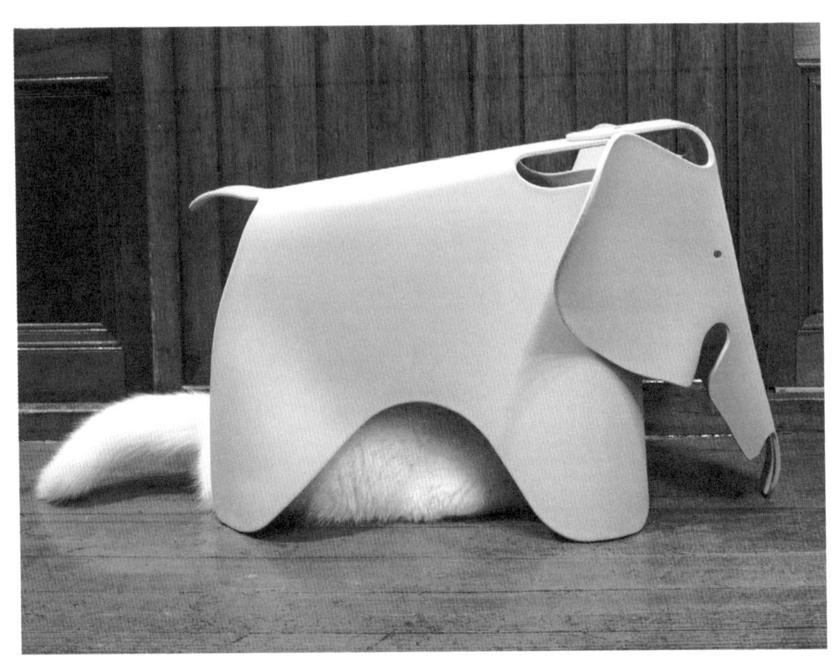

#히끼리 #다마고치리셋버튼_많이눌렀습니다 #이실직고

다마고치에게 배운다

초등학생 시절 유행한 '다마고치'라는 장난감이 있었다. 가상의 반려동물을 키우는 육성 시뮬레이션 게임이다. 처음에는 알 상태에서 시작하는데, 부화하면 새끼가 나오고 키우는 방법에 따라 다양한 모습으로 진화한다. 정해진 시간마다 밥을 주고, 대소변을 치워주고, 공놀이를 하고, 아프면 주사를 놓아줘야 한다. 가끔 밥 주는 걸 깜빡 잊거나 대소변을 제때 치워주지 않으면, 괴물로 변하거나 죽어버려서 잘 지내는지 수시로 살펴봐야 했다.

히끄를 키우면서 다마고치가 자주 생각났다. 고양이도 매일 밥을 주고, 화장실 청소를 하고, 장난감으로 놀아줘야 하는데 모두 중요한 일이어서 한 가지도 미룰 수 없다. 다마고치 속의 동물처럼 모든 생명체는 주변 환경에 따라 변화한다. 그래서 히끄가 아프면 '내가 뭘 소홀히 했을까?'하는 자책감이 먼저 든다. 대부분의 시간을 히끄와 집에 함께 있는 만큼, 더 세심하게 살피고 잘 키워야 한다는 강박도 있다. 이건 집사의 숙명이지 싶다.

#휙모닝 #아침부터고봉밥타령 #밥주면꺼지는알람

알람 고양이

어렸을 때는 일찍 일어나는 게 너무 힘들었다. 그래서 '어른이 되면 늦잠을 실컷 잘 수 있겠지'라는 희망으로 견뎠다. 꿈은 마침내 이뤄졌다. 오전 9시까지 출근하는 직장인 대신 출퇴근이 자유로운 자영업자가 됐으니까. 그마저도 재택근무라 늦잠을 잘 수 있으니 얼마나 좋은가! 하지만 간과한 점이 있었다. 바로 알람시계 기능이 있는 히끄와 함께 산다는 것을….

히끄를 키우고 나서는 알람을 설정하고 잘 필요가 없었다. 원래 오전 9시까지만 일어나면 되지만, 히끄는 8시가 가까워지면 '갸르릉 송'을 부르면서 밥 달라고 깨웠다. 잠에 취해 모른 척 눈을 감고 있으면 뽀뽀 박치기를 연달아 해서 기어이 일어나게 만들었다. 정말 피곤할 때는 뽀뽀를 못 하게 이불을 뒤집어쓰지만, 얼마 못 버티고 미안한 마음에 일어났다. 도중에 깨지 않고 쭉 자야 개운한데, 한참 자야 할 시간에 강제 기상을 당하니 늦게 일어나도 피곤했다.

생각다 못해 자동 급식기를 사서 아침만 신세질까 하다가도, 혼자 쓸쓸하게 밥 먹는 히끄 모습을 상상하곤 그만뒀다. 히끄는 아침 먹고 화장실에 가는데, 모래 덮는 소리가 워낙 요란해서 어차피 금방 잠이 깬다. 고양이는 야행성 동물이라는데 아침에 오히려 활발해지는 게 신기한 노릇이다. 히끄는 아침형 고양이, 나는 야행성 인간으로 서로 입장이 바뀐 것 같다.

#가로본능 #내자리뺏었으면 #양심적으로다가_세로로자라 #놀부심보

숙면이 필요해

평소 숙면을 중요하게 여기기 때문에, 이사할 때도 창문마다 암막 커튼을 달고 침대도 넉넉한 퀸 사이즈로 장만했다. 하지만 히끄가 새벽이면 쪼르르 옆으로 와서 자는 바람에 결국 쪽잠 자는 신세가 됐다. 책상 밑이나 캣타워에서 자기도 하지만 침대가 더 편한가 보다. 게다가 히끄는 솜이불 위에 눕는 걸 좋아해서, 잠결에 이불을 덮으려 당기면 어느새 올라와 있다. 제법 묵직해서 가슴을 무거운 돌덩이로 누르는 것 같다.

히끄가 침대에서 자고 있으면 '나는 못 자게 만날 방해하더니 자기는 하루 종일 자네' 생각했다. 하지만 입장을 바꿔보니 히끄도 억울할 만했다. 고양이는 하루 중 대부분을 자면서 보내야 하는데 그때마다 내가 방해했기 때문이다. 낮이면 햇빛 때문에, 밤이면 전등 때문에 눈이 부셔 깊이 못 자기 일쑤고, 청소기 돌리는 소리에 자다 놀라 도망치는 일도 부지기수였다.

그런데도 난 잠든 모습이 예쁘니까 사진 좀 찍자며 찰칵찰칵 시끄럽게 굴었고, 시도 때도 없이 머리를 쓰다듬거나 앞발을 만지며 귀찮게 했다. 아마 히끄도 나 못지않게 힘들었을 게다. 히끄에게 숙면을 방해받고 있다고 생각했지만, 잠을 방해한 빈도로 따지자면 내가 더 자주 훼방꾼 노릇을 해왔는지도 모른다.

#아부지이런나라도 #계속사랑해줄거냥 #이번에는내가_묵비권을행사한다

아부지가 안티

무방비 상태로 잠든 히끄 얼굴은 몹시 귀엽다. 입을 헤 벌리고 잠들었을 때는 더욱 그렇다. 벌어진 입에 살짝 손가락을 넣어보고 싶고(물론 싫어하겠지만) “그러다 입에 파리 들어갈라”하고 놀려보고도 싶다.

‘아부지가 안티’라는 소리를 들으면서도 잠든 히끄 모습을 수시로 사진에 담아본다. 한쪽 귀가 바닥에 눌려 찌부러지고 볼이 납작해져도, 오뚝한 코를 밑에서 올려다본 탓에 돼지코처럼 보여도, 앙다문 ㅅ자 입술 사이로 송곳니가 삐쭉 나와도 내 눈에는 세상 최고 잘생긴 아들이다. 고양이 아들을 키우면 ‘아들 바보’가 되는 건 어쩔 수 없나 보다.

#연쇄찢어마 #덕분에바느질솜씨가늘었어 #휘갑치기달인등극

첫 장난감

히끄가 최고로 좋아하는 인형이 있다. 긴 지느러미가 있는 물고기 인형이다. 장난감 상자에서 이 인형을 꺼내면 자다가도 벌떡 일어나 가자미눈을 뜨고 사냥 자세를 취한다. 가끔 늦잠을 자거나 외출해서 꺼내줄 사람이 없으면, 혼자 장난감 상자를 뒤져 물고기 인형을 갖고 논다. 인형이 너덜너덜해진 채 방바닥에 있으면 나 없을 때 히끄가 잘 갖고 놀았다는 증거다.

이걸 왜 좋아하는지 알 수 없어서 '부직포 재질 때문인가?' 싶어 비슷한 크기의 부직포 인형을 만들어줬더니 반응이 뜨뜻미지근했다. 인형 속에 캣닙이 들어 있는 것도 아니었다. '지느러미에 붙었던 깃털 때문인가?' 했지만, 물어뜯고 놀다 삼킬 수 있어서 미리 가위로 잘라버리기 때문에 그것도 아니었다. 굳이 이유를 찾자면 히끄에게 사준 첫 번째 인형이라서일까?

이사 준비 때문에 히끄를 집에 두고 육지에 다녀온 날이 있었다. 처음 떨어져 지낸 거라서 집에 갈 때 히끄와 재미있게 놀 장난감을 사가야겠단 생각이 들었다. 그게 이 인형이었다. 물고기 인형은 내구성이 약해서, 흥분해서 노는 걸 말리지 않으면 발톱과 이빨에 뜯겨 금방 구멍투성이가 된다. 숨겨놓고 정해진 시간에만 갖고 놀게 했지만 이미 10마리가 넘는 물고기들이 희생됐다. 얼마나 좋아하는지 알 만하다.

#히절부절 #이환자살릴수있나요 #보호자는밖에서기다리세요

#범인은현장에다시나타난다 #털옷벗고자수해 #변장의달인

#방충망이얼마나튼튼한지볼까 #실험맨출동 #가끔내놓기부끄러운아들

방충망 교체 공사

우리 집 바로 옆에는 큰 연못이 있다. 가끔 백로가 날아와 앉았다 가고, 여름에는 수련이 피어 예쁘지만 고여 있는 물이라서 모기가 많다. 아침저녁으로 현관문 앞에 모기향을 매일 피워도 달려드는 모기가 너무 많아 막기에는 역부족이었다. 공기청정기가 있어도 문을 열고 환기를 자주 시키기 때문에, 그때마다 모기가 들어올까 봐 신경이 쓰였다. 게다가 방충망 구멍 사이를 유유히 뚫고 침공하는 녀석까지 있었다. 창문턱에 앉아 새를 바라보며 채터링하는 걸 좋아하는 히끄를 위해서, 결국 모기가 들어오지 못하는 미세 방충망으로 바꾸기로 했다.

하지만 창문이 총 7개나 돼서 교체 비용이 만만치 않았다. 직접 교체하기로 하고 재료만 인터넷으로 주문했는데도 10만 원이 넘었다. 방충망 회사에서 제작한 셀프 교체 동영상만 보면 굉장히 쉬워 보였지만, 직접 해보니 방충망이 울어서 나도 같이 울고 싶었다. 옆에서 잡아주는 사람이 있어야 평평하게 씌울 텐데 혼자 하려니 너무 힘들었다. 결국 인간비글이 여름방학을 맞아 놀러 오기를 기다렸다가, 도움을 받아 방충망을 다 교체했다. 튼튼해진 방충망 덕분에 히끄가 좋아하는 창문 전망대도 사수할 수 있었다. 방충망에 들러붙은 가래떡처럼 옆구리를 찰싹 붙이고 염탐하는 표정을 보면 그렇게 귀여울 수 없다.

#히끄야준비한게있어눈감아봐 #콩닥콩닥 #실눈뜨라곤안했다

하루 30분의 약속

히끄를 처음 키울 때 다짐한 것이 있다. 아무리 바빠도 하루에 30분 이상 장난감으로 놀아주는 일이다. 별다른 약속이나 일정이 없으면 대부분 집에 있지만, 온전히 히끄와 함께 보내는 시간은 적기 때문이다. 이렇게 30분 동안 알차게 놀아주면 사료를 배부르게 먹어도 살이 찌지 않는다.

평소 좋아하는 물고기 인형, 앵그리버드 인형, 애벌레 인형은 언제든지 가지고 놀 수 있게 책장 맨 아래 상자에 넣어두고, 오뎅꼬치, 카샤카샤는 혼자 가지고 놀기 위험할 수 있어서 히끄의 솜방망이가 안 닿는 책장 맨 위에 숨긴다. 가끔 너무 바빠서 놀아주는 걸 잊으면 히끄가 장난감 상자 앞에 앉아 꼬리를 살랑거린다. 그래도 모르는 척하면 서랍장에 올라가 책장 맨 위를 앞발로 더듬더듬하며 놀아달라는 신호를 보낸다. 나는 사람이나 동물이나 의사 표현을 잘하는 걸 좋아하기 때문에, 그런 모습을 보면 아무리 피곤하더라도 장난감을 꺼내 열심히 놀아준다.

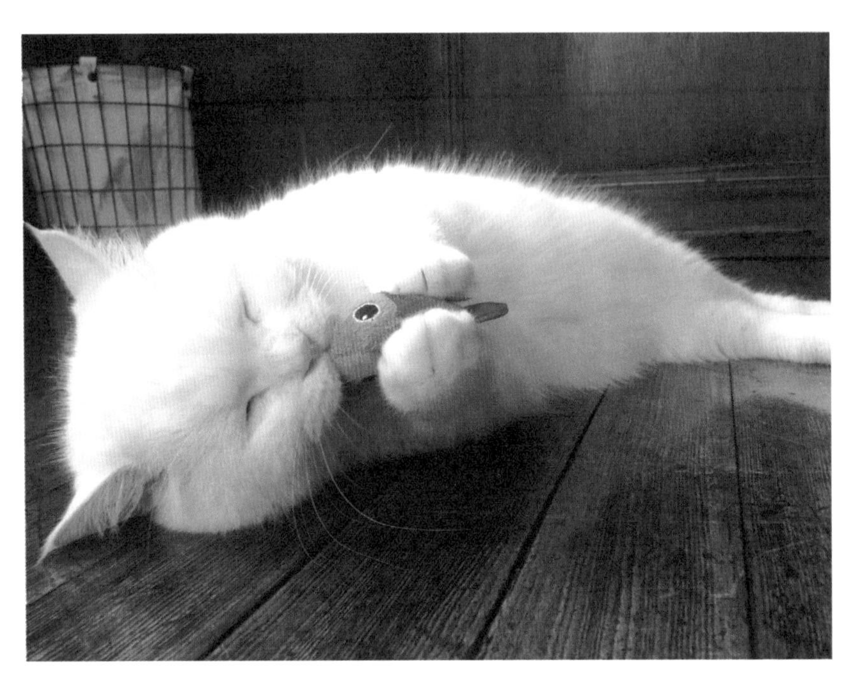

#뽀뽀할때눈감는센스 #매너가고양이를만든다냥 #캣스맨

#물어뜯을때는언제고 #적과의동침 #루들루들

#적극적인고양이 #이거까달라냥 #부탁할땐_사람눈보고말하는거야

간식 나눔

가끔 민박 손님이 히끄를 위해 육지에서 간식을 일부러 챙겨온다. 여행 짐 챙기기도 힘든데 히끄까지 생각해주는 마음이 항상 고맙다. 택배로 간식을 보내오는 분까지 있다. 하지만 건강상의 이유로 간식을 자주 주지는 않는다. 히끄가 간식을 먹을 수 있는 건 대략 이런 때다. 1. 발톱을 깎았을 때 2. 목욕하고 나서 3. 나만 맛있는 걸 먹기 미안할 때 4. 밥 때가 아닌데 아련하게 사료 통을 보고 있어서 5. 아파서 입맛이 없는 건지 밥투정인지 확인하고 싶을 때.

고양이는 히끄 하나뿐인데 챙겨주는 사람이 많으니 간식 통은 늘 가득 차 있고, 넘치는 간식을 볼 때마다 신경이 쓰였다. 그래서 주변의 다묘 집사나 길고양이를 챙기는 캣맘에게 간식을 나눠 보니 나름대로 좋은 해결책 같았다. 사실 히끄도 길고양이 시절 다른 집사의 도움을 받은 적이 있다. 고양이에 대해 아무것도 몰랐던 시절, 사정을 들은 어느 고양이 집사가 영양제와 간식을 바리바리 싸서 찾아왔다. 그걸 잘 챙겨 먹은 히끄는 병원에 가지 않고도 피부병이 나았고 포동포동 살이 쪘다. 뽀얗고 통통한 지금의 모습은 그때의 작은 나눔에서 시작된 것이다.

그러니 이제는 받았던 만큼 나눌 때라고 생각한다. 물어보진 못했지만, 히끄도 고양이 친구들에게 간식을 나눠주는 걸 흔쾌히 동의하리라 믿는다.

#아부지없으니까_네다리뻗고자야겠다냥 #이따가털옷도벗어야지 #동상히몽

아부지가 분리불안

히끄를 키우고 나서부터 집을 쉽게 비울 수 없게 되었다. 전에는 여행하고 싶으면 언제든 떠났지만 이제는 불가능하다. 여행을 가고 싶어도 '히끄 밥과 화장실 청소는 어떡하지?'싶고, 가까이 사는 동네 친구가 챙겨준다 해도 여행이 길어지면 '히끄가 심심할 텐데 괜찮을까?'하는 생각부터 든다.

결국 불가피하게 집을 비울 때를 대비해 스마트 웹캠을 설치했다. 그 뒤로는 어디에 있든지 스마트폰을 통해 실시간으로 히끄를 볼 수 있었다. 처음에는 움직임을 감지할 때마다 알림이 오게 설정했더니, 히끄가 너무 활발하게 돌아다녀서 시도 때도 없이 알람이 울렸다. 도저히 여행에 집중할 수가 없어서 결국 관찰만 할 수 있게 설정을 변경했다.

웹캠으로 지켜보니 히끄는 장난감 상자에서 인형을 꺼내 혼자 놀기도 하고, 창문 밖을 보면서 유유자적 혼자만의 시간을 즐겼다. 거실에서 침대까지 단숨에 점프하면서 신 나게 축구를 하기도 했다. 어쩌면 예상과 달리 아부지가 없는 한가로운 시간을 즐기고 있을지도 모른다. 함께 사는 사람과 떨어져 지내면 동물이 분리불안에 걸린다지만, 히끄는 아무렇지도 않은데 오히려 내가 느끼는 분리불안이 더 큰 것 같다.

#히씨티비 #담쟁이뷰 #150인치풀HD고양이TV

히끄 TV 채널을 소개합니다

사람에게 텔레비전이 있다면, 고양이에게는 창문이 그 역할을 해준다고 한다. 창문을 열어놓으면 집 안이 훤히 보여서 내 입장에선 불편하지만, 히끄가 워낙 바깥 풍경에 집중하고 재미있어 해서 열어줄 수밖에 없다. 우리 집은 특히 창문이 많아서 다양한 채널을 감상할 수 있다. 히끄가 평소 어떤 채널을 즐겨보는지 궁금한 분들을 위해 '히끄 TV' 채널을 소개해본다.

1번 채널, 현관문. 대문과 마당이 훤히 보이는 와이드 화면을 자랑하는 곳이다. 비나 눈이 올 때면 날씨를 바로 확인할 수 있는 날씨 채널이자, 누가 집에 들어오는지 감시하는 방범 CCTV 역할도 한다.

2번 채널, 안방 창문.

창이 2개라서 듀얼 채널을 감상할 수 있다. 침대를 기준으로 헤드에 하나, 발치 쪽에 하나가 있다. 헤드 쪽 창문은 옆집 트럭이 주차하는 곳이라 블랙박스 제보 영상 역할을 한다. 발치 쪽 창문은 매년 봄 제비가 집을 짓는 곳이 잘 보여서, 올해 유행할 최신 인테리어 정보를 얻을 수 있다.

3번 채널, 작은방 창문.

작은방은 친한 지인이나 가족이 올 때만 오픈하는 손님방이라 평소에는 굳게 닫혀 있다. 이 채널로는 길고양이들이 다니는 뒷골목이 보이기 때문에, 집 안에서만 지내는 히끄에겐 소통의 장이 되는 곳이기도 하다. 길고양이들은 오조리 마을 구석구석을 다니기 때문에 아는 게 많다.

4번 채널, 주방 창문.
주방 천장이 낮아 수납장을 따로 설치 못 하고 선반을 달았다. 요리하고 나면 환기하러 창문을 열어두는데, 히끄가 아슬아슬하게 선반에 올라가 밖을 본다. 오조리 노인회관과 가까워 할머니들이 쓰는 제주 말을 귀동냥으로 공부할 수 있다.

5번 채널, 거실 창문.

이 채널은 별채로 운영하는 스테이 오조와 가까워서 손님 마중과 배웅을 하기 편한 곳이다. 호텔리어처럼 흰색 정장을 차려 입은 히끄가 여행 정보를 친절하게 알려줄 것 같지만, 그건 내 몫이다.

#히끄X화음 #우리냥린이가달라졌어요 #오은영박사님부를뻔

아이는 싫지만 화음이는 좋다냥

히끄는 모르는 사람 앞에서도 낯을 가리지 않지만 어린아이는 싫어했다. 처음 그 사실을 안 것은 육지에 사는 어린 조카가 놀러왔을 때였다. 히끄는 밥과 간식을 거부하면서 침대 밑에 숨었고 조카가 다가가면 하악거렸다. 조카가 가고 나서야 침대 밑에서 나와 사료를 먹었다. 한카피 님의 쌍둥이 조카들이 놀러왔을 때는 오줌을 쌀 정도로 만나기 싫어했다. 집고양이로 살다 버려지기 전에 아이에게 해코지를 당했거나, 길 생활을 하면서 궂은 일을 겪었는지도 몰랐다. '정말 싫은가보다' 싶어 다음부터는 히끄를 만나고 싶어 하는 아이가 있어도 거절했다.

그런 히끄의 마음을 연 아이가 이웃인 민경 씨네 딸 화음이다. 나를 '히끄 이모'라고 부르는 화음이는 유치원에 가지 않는 주말이면 우리 집에 놀러왔다. 화음이를 처음 본 히끄는 역시 구석에 숨었다. 여느 아이들은 히끄가 움직이는 인형 같아서 좋아했고, 친해지고 싶은 감정만 앞세워 놀라게 하거나 귀찮게 했다. 하지만 집에서 개와 고양이를 키우는 화음이는 동물과 어떻게 놀아줘야 하는지 잘 알았다. 아이라면 무조건 거부하는 히끄에겐 친구 신청이 통하지 않았지만, 화음이는 몇 번이나 냉대를 받으면서도 포기하지 않았다.

그러던 어느 날 히끄가 화음이를 보고도 도망가지 않는 게 아닌가. 자연스럽게 친해진다는 말이 이런 거구나 싶었다. 아이를 죽도록 싫어했던 히끄는 삼고초려 끝에 '어린이 공포증'을 극복했다. 단, 화음이에게만.

#히끄X화음 #얼굴크기비슷함주의 #애만한고양이

성묘 입양 릴레이

민경 씨와 친해진 건 히끄 덕분이었다. 처음에는 화음이네가 딸을 키우는 가족이고 나는 싱글이어서 공감대가 없을 거라 생각했다. 하지만 우리에겐 '고양이'라는 공통의 관심사가 있었다. 민경 씨는 유기견이었던 두부를 키우고 있었지만, 히끄에게 푹 빠진 나머지 "자연스럽게 인연이 닿으면 길고양이를 입양하고 싶다"고 했다. 우리는 성묘 입양에 대한 이야기를 나누며 차츰 가까워졌다.

그러던 어느 날 화음이네 집에 흰 고양이가 나타났다. 화음이 아빠가 먼저 보고 "밖에 히끄 왔어"하고 농담처럼 던진 말에 민경 씨가 내다보니, 정말 히끄처럼 하얀 고양이가 비를 맞고 있었단다. 고양이는 얌전했지만 만지는 건 싫어했고 기운 없이 잠만 잤다. 병원에 데려갔더니 털에 가려진 상처가 깊었다. 고름과 염증이 심해 배액관 삽입 수술을 하고 입원까지 했다. 흰 고양이는 화음이네 집에서 정성 어린 간호를 받으며 건강해져서 마침내 그 집 가족이 되었다. 히끄와 닮은 외모 덕분에, 북촌리 히끄라는 뜻을 담은 '북끄'라는 새 이름도 생겼다.

생각해보면 성묘 입양은 릴레이 같다. 히끄네 집에서 출발한 사랑의 바톤이 북끄네 집을 거쳐 어디로 향할지는 알 수 없다. 하지만 고민 끝에 결심한 입양이, 다른 생명을 살리는 선순환으로 이어진 것만으로도 뿌듯했다. 북끄에게 새 가족을 만들어 주는 데 큰 영향을 미친 걸 안다면 히끄도 흐뭇해하지 않을까.

#여기들어가라고? #츄르한개주면_생각해보겠다냥 #할짝할짝

첫인상의 힘

한번 각인된 첫인상을 바꾸려면 처음보다 200배 이상 강한 인상을 줘야 된다고 한다. 실로 어마어마한 위력이다. 반려동물도 새로운 일을 경험할 때면 첫인상이 중요하다. 그래서 양치도 목욕도 천천히 시간을 두고 연습을 시켰다. 익숙해지도록 천천히 반복하면서 기다리지만, 그렇게 노력해도 꼭 히끄가 싫어하는 일이 생긴다. 나도 사람인지라 어떤 때는 마음이 급해지기 때문이다. 한번 싫어한 것을 다시 좋아하게 만들려면 오랜 시간과 끈기가 필요하다.

히끄가 아직 이동장에 익숙하지 않던 시절, 예방접종을 맞히러 병원에 가야 했다. 이동장에 대한 거부감이 생기지 않도록 일주일 전부터 이동장 안에 사료와 간식을 주고 쥐돌이로 놀아줬다. 하지만 예방접종 당일 콜택시를 불러놓고 간식을 주면서 이동장에 들어가라고 하니 들어가지 않았다. 일주일간 예행연습을 할 때는 잘 들어가더니, 실제 상황이 되면 꼭 이런 일이 생긴다. 택시는 그새 집 앞에서 빵빵거리며 도착을 알렸고, 결국 마음이 급해져 억지로 이동장에 밀어 넣었다. 그날은 동물병원에 얌전히 가서 예방주사를 맞고 왔지만, 그때부터 히끄는 이동장만 보면 슬금슬금 도망쳤다. 그날 동물병원에 입고 갔던 재킷을 어느 날 다시 입었더니 또 병원에 데려가는 줄 알고 침대 밑으로 숨어버렸다.

#배트냥으로변신해서 #아부지를찾아가고싶다냥

외로움의 조각

사람들이 고양이에 대해 오해하는 점 하나가 '혼자 두어도 잘 노는 독립적인 동물'이란 생각이다. 대부분 고양이는 개보다 키우기 쉽고, 손이 덜 갈 거라고 여긴다. 나도 그렇게 생각하는 사람 중 하나였지만 히끄를 키우면서 모든 고양이가 그렇지는 않다는 걸 알게 되었다.

민박집을 청소하느라 잠깐 집을 비운 시간에도 히끄는 현관에서 서성거리며 나를 주시했다. 외출했다 한참 만에 돌아오면 "지금이 몇 신데 이제야 오냥!"하고 꾸짖듯 야옹거리면서 반갑게 맞아준다. 다리 사이로 왔다 갔다 하면서 애교를 부리면 금세 바짓단이 흰 털로 물든다. 나는 이 털을 외로움의 조각이라고 부른다.

정 많은 히끄는 동네 길고양이들이 밥 먹으러 마당에 올 때도 쪼르르 달려가 맞이했다. 그러고는 직립 자세로 현관 유리문에 찰싹 붙어 밥 먹는 모습을 한참 지켜본다. 제주도에서는 동네 이웃을 삼촌이라고 부르는데, 아기 길고양이들이 그 모습을 보면 '히끄 삼춘'이라고 부르지 싶다.

#히록매실 #난네가좋아_너도내가좋냥 #널깨물어주고싶다냥

인생 과일을 찾았다

도시에 살 때는 계절감을 잘 못 느꼈지만 제주도에 살면서 사계절의 변화에 민감해졌다. 여름엔 전기세, 겨울엔 난방비 때문에 소비를 줄여야 하고, 봄과 가을에는 여행을 부추기는 멋진 풍경에 마음이 흔들린다. 주변이 모두 밭이라 계절마다 바뀌는 농작물 또한 계절감을 느끼게 한다.

생활 환경이 이렇다 보니 자연스럽게 제철 채소와 과일을 챙겨먹게 되었다. 특히 하동에 사는 지인이 지역 특산품인 매실을 보내주기 시작하면서 매년 매실청을 담그게 됐다. 갈증이 날 때면 매실에이드로, 소화가 안 되거나 탈이 나면 매실차로 먹고, 설탕이나 물엿 대신 요리에 넣어도 되니 한번 담가두면 여러 용도로 쓸 수 있어 좋았다. 매실청을 담글 때면 히끄가 가자미눈을 뜨고 곁에서 지켜본다. 심심한가 싶어 한 알 굴려주면 솜방망이로 몇 대 건드려보곤 시큰둥했다. 먹을 수 있는 게 아니란 걸 금방 알아차린 모양이다.

딸기나 수박 먹는 고양이도 봤지만 히끄는 과일에 관심이 없었다. 오직 애플망고에는 엄청난 관심을 보였다. 제주산 애플망고는 비싸지만, 재래시장에 가면 맛은 상품과 같고 크기만 작은 파치를 싸게 판다. 그걸 사다 히끄와 나눠 먹었다. 망고는 고양이 전용 습식 캔에도 들어가는 재료여서 알레르기만 없으면 조금은 먹여도 괜찮다고 한다. 그렇게 애플망고는 히끄의 인생 과일이 되었다.

#나보다털이많다니 #정체가뭐냥 #털복숭아

#내머리보다크다냥 #박치기하고시펑? #피나고시펑?

#히감독 #어이이씨 #빈틈안보이게_더쭉쭉잡아당기라냥

처음 선택한 가족

실내에서만 지내는 고양이를 '인도어 고양이'라고 하는데 나는 '인도어 인간'에 가깝다. 집에 가만히 있기만 해도 재미있고 하루가 빨리 간다. 생각해보니 어릴 때부터 이렇게 나만의 공간을 꿈꿨다. 남들은 집이 안식처라지만 내게는 항상 불편한 곳이었다. 하루빨리 내 집을 갖고 싶었지만, 결혼도 취직도 안 한 딸을 독립시켜 줄 리 없었다. 다른 지방으로 취직할까도 생각했지만 부모님은 얌전히 지내다가 시집이나 가라며 반대했다. 가족 눈치를 보며 소심하게 살던 나는 제주에 와서야 비로소 자유를 얻었다.

히끄와 함께 살기 시작할 무렵 선물 받은 캣타워에 감은 삼줄이 지겨워서 새 면줄로 바꿔주다가 문득 생각했다. 누가 가족이 있느냐고 묻는다면, 가장 먼저 히끄라고 말하겠다고. 그저 가족 구성원으로 태어났기 때문에 가족이 된 게 아니라, 처음 내 의지로 선택한 가족이 히끄였다. 지난 3년 동안 매일 함께 밥을 먹고, 같은 침대에서 자고, 기쁠 때나 슬플 때나 곁에 있었던 것도 히끄였다.

부모님이 알면 괘씸하게 여길 지도 모르지만, 25년을 함께 산 생물학적 가족보다 3년을 같이 산 히끄가 진짜 가족으로 느껴진 적이 많다. 히끄는 나를 밥 주는 사람으로만 여길지도 모르지만 서운하지 않다. 받는 것 없이 사랑을 주기만 해도, 줄 대상이 있는 것만으로 행복한 게 아부지란 존재니까.

#꽃보다히끄 #왕관의무게를견뎌라 #히끄인생사진

티파니보다 냥파니

체크인 시간이 가까워지면 '오늘은 어떤 손님이 찾아올까?'하는 생각에 기대가 된다. 매일 바뀌는 민박 손님을 만나는 건 설레는 일이다. 나이도, 직업도, 성격도 각양각색이니 말이다. 스테이 오조는 성인 두 명이 묵을 수 있는 독립적인 공간이어서 대개 커플이 예약하지만, 가끔 혼자 여행하는 손님도 찾아온다. 나도 혼자 여행하는 걸 좋아하기에 그 마음을 알고 혼자만의 시간을 보내는 걸 존중하지만, TV가 없으니 혹시 심심하지 않을까 신경이 쓰였다. 그래서 혼자 온 손님이 있으면 같이 커피를 마시거나, 오조리 포구를 함께 산책하면서 대화를 나누곤 했다.

그렇게 친해진 손님 중에 서울 망원동에서 '브론즈 블루'라는 꽃집을 운영하는 플로리스트가 있었다. 그분은 마당에 있는 담쟁이와 수국을 꺾어 이리저리 엮더니 히끄에게 화관과 목걸이를 만들어주었다. 그렇지 않아도 뽀얀 히끄는 꽃 덕분에 화사해져서 얼굴이 더 환히 빛나 보였다. 나도 텃밭에 자란 풀을 매다가 토끼풀을 발견하고 꽃목걸이랑 꽃팔찌를 만들어준 적이 있지만, 그것과는 수준이 달랐다. 덕분에 히끄가 '인생 사진'으로 꼽을 만한 프로필 사진이 생겼다. 역시 세상은 넓고 금손은 많다.

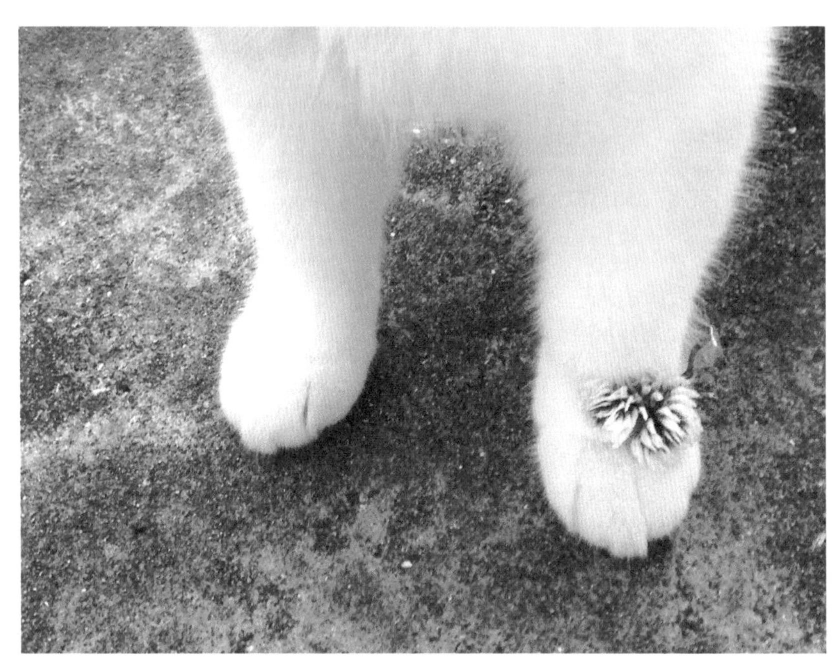

#롤렉스부럽지않은 #아니조금부러운 #냥렉스

#토끼풀목걸이를한소년 #도도해진표정 #시선은45도유지

#화장실건조중 #내끄다내끄 #자기물건에집착하는고양이

아부지의 마음으로

화창한 주말이면 히끄의 화장실을 씻어 햇볕에 말리거나 공기청정기 필터를 청소한다. 1인 1묘의 단출한 가족이지만, 집에서 지내는 시간이 많다 보니 해야 할 잡일이 자꾸 눈에 보인다. 집안일은 해도 표시가 안 나지만, 그렇다고 손을 놓아버리면 금방 티가 난다. 동물을 집에서 키우면 냄새나고 비위생적일 거라는 선입견을 남이 갖는 게 싫어서, 좀 지나치다 싶게 청소하는 편이다.

어른이 되고 나서는 서먹서먹해졌지만 히끄를 키우면서 아빠 생각을 자주 하게 되었다. 주말 중 하루를 집에서 보내며 한 주를 마무리하고, 다음 주의 시작을 준비하는 것도 아빠에게 배운 습관이었다. 아빠는 일요일마다 나를 자전거에 태우고 정육점에 데려가서 다섯 식구가 배부르게 먹을 만큼 삼겹살을 샀다. 저녁에는 온 가족이 집에 둘러앉아 고기를 구워 먹었다. 히끄 아부지로 사는 지금, 주말이면 아빠가 그랬던 것처럼 히끄를 위해 시간을 보내게 된다. 어린 시절의 추억은 나도 모르게 지금의 삶에 영향을 미치는 모양이다.

#인간비글X히끄 #아부지잘보라냥 #이렇게놀아달라냥

롱디 커플

제주도에 살지만 스노클링이나 오름 등반 같은 야외 활동을 즐기지 않는다. 여행자일 때는 분명 좋아했는데 제주 생활이 일상이 되니 그런 일은 언제든 할 수 있다는 생각이 들어 오히려 자주 하지 않게 되었다. 반면 육지에서 교사로 일하는 인간비글은 여름방학에는 스노클링을 하러, 겨울방학에는 한라산과 오름을 오르기 위해 제주에 온다. 학기 중에도 틈틈이 찾아와 여름과 겨울에는 느끼지 못하는 제주도의 다양한 모습을 즐기고, 텃밭 일구는 것을 도와주기도 한다.

육지에 사는 인간비글과 오조리 시골 마을 고양이 히끄는 롱디 커플(Long distance couple)인 셈인데, 자주 볼 수 없는 사이여서 그런지 더 애틋하다. 몇 달 만에 한 번씩 만나도 어제 본 사이처럼 눈빛이 달달하다. 인간비글이 강아지풀을 따 와서 흔들어주면, 히끄는 강아지처럼 꼬리 붕붕을 하며 좋아한다. 둘이 알콩달콩 노는 모습을 보고 있으면 마음이 편안해진다. 내가 인간비글에게서 오래된 친구가 주는 편안함을 느끼듯, 히끄도 같은 감정을 느끼는 것 같다. 혈연관계라곤 전혀 없던 우리 셋이 만나 가족 같은 사이가 된 게 신기할 따름이다.

#전원일기 #프로농사꾼 #무관심농법전문

영역 순찰은 이제 그만

히끄는 길 생활도 경험해봤기 때문에 밖으로 나가는 것에 대한 두려움이 없다. 하지만 집고양이가 된 이상 혼자 돌아다니게 둘 수는 없었다. 사람마다 양육 방식이 다르겠지만, 개인적으로는 고양이가 외출냥으로 지내는 건 위험하다고 생각한다. 집 주변이 아닌 낯선 곳에 히끄와 함께 나갈 일이 있으면, 꼭 이동장에 태우고 나가야 안심이 된다.

오조리는 조용한 시골 마을이지만 고양이에게는 위험 요소가 많다. 골목 사이를 쌩쌩 다니는 자동차도 무섭고, 주인에게 버림받은 개들이 목줄도 없이 나다니곤 했다. 모든 개가 그렇진 않지만 가끔 고양이를 무는 경우도 있어서, 안전한 마당 안에서만 놀라고 대문을 닫아뒀다.

하지만 대문 창살 간격이 넓다 보니 히끄는 그 사이로 쏘옥 통과하곤 했다. 내가 다른 일을 하는 사이에 몰래 현관문을 열고 영역 순찰을 나갔다가도 알아서 집을 찾아왔다. 하루는 히끄가 보이지 않아 바깥에 나가 봤더니 트랙터 위에 올라가 마을 구경을 하고 있었다. 캣타워 올라가듯이 높은 곳에 올라가고 싶었나 보다. 자꾸 영역 순찰을 나가려는 히끄의 안전을 위해 특단의 조치가 필요했다.

#어제는철장이얼굴보다컸는데 #오늘은얼굴이반이나크네

무단 외출 금지령

히끄가 철장 사이로 빠져나가지 못하도록 하루 날을 잡아서 대문 보강 공사를 했다. 대문을 통째로 바꾸지는 못하고, 기존에 있던 철문 사이에 창살을 용접해서 간격만 촘촘하게 만들었다.

용접공 아저씨가 요란한 소리로 창살을 용접하는 모습을 유심히 지켜보던 히끄는 공사가 끝나자 마당으로 나와서 여느 때처럼 대문으로 돌진했다. 하지만 몇 번 시도해 보더니 예전처럼 창살 틈새로는 못 나가게 되었다는 사실을 깨달았다. '어제까지만 해도 통과할 수 있었는데, 이게 어떻게 된 거냥?'하듯 당황스러운 얼굴로 대문 앞에서 서성이더니, 결국 포기하고 마당 곳곳을 탐색하고 다녔다. 집 밖은 위험하니까 이제는 안전한 마당에서만 놀렴.

#오리 #아니아니히끄 #외식기분내는법 #고양이킨포크

마당 산책의 즐거움

스무 살까지 쭉 단독주택에서 살다가 처음 아파트로 이사했다. 밖에 나가는 걸 좋아하지 않는데, 마트와 편의시설이 단지 안에 있으니 무척 편했다. 예전 집은 웃풍이 심해서 겨울에 추웠지만, 아파트에서는 반소매 옷만 입고 있어도 따뜻했다. 평생 단독주택에서만 살았던 부모님은 아파트가 닭장 같다며 답답해했지만, 난 정말 좋았다. 불편하고 추운 단독주택에선 다시는 살지 않겠노라 다짐했다.

하지만 히끄를 키우면서 단독주택의 매력을 알게 됐다. 층간소음을 신경 쓰지 않아도 되고, 무엇보다 히끄가 마당에서 노는 걸 좋아하기 때문이다. 고양이는 청각만큼 후각도 민감한 동물이라 다양한 냄새와 촉감을 경험하게 해주고 싶었다. 히끄가 마당 산책을 할 때면 항상 옆에서 지켜본다. 히끄는 잠자리와 나비를 보고 동공이 커다랗게 되어 사냥도 하고, 담쟁이 사이로 앞발을 집어넣어 뭔가 잡으려 하거나 냄새를 맡고 다녔다.

히끄는 흥에 겨우면 마당에서 뒹굴뒹굴하기 때문에 털이 금세 더러워진다. 그래서 산책 전에는 꼭 마당의 흙먼지를 쓸어내야 한다. 히끄도 날 돕고 싶은지 꼬리로 살랑살랑 마당을 함께 쓸지만, 사실 큰 도움은 되지 않는다. 강제 마당 청소를 하는 게 때론 귀찮지만 행복해하는 히끄를 보면 귀찮음도 잊고 만다.

#집에만있었더니 #찌뿌둥하다냥 #마당산책전_몸풀기

#담장산책은_아부지랑있을때만 #만날봐도_세상궁금한눈빛

#샴끄 #고구마밭에서놀더니_흙발됐네 #엄마재흙먹어

샴끄

집 바로 옆 텃밭에 가끔 히끄를 데리고 나간다. 그러면 멀칭해 놓은 비닐 구멍에 앞발을 넣어 장난을 치기도 하고, 나비나 잠자리, 개구리 등을 만나면 사냥을 시도했다. 비록 사냥에 소질이 없어서 번번이 실패하지만 자세만은 무척 진지했다.

히끄가 즐겨 노는 텃밭이다 보니 잡초가 많아져도 농약을 뿌릴 수 없었다. 풀이 어느 정도 자라면 낫으로 베는 게 고작이다. 진드기나 병충해가 생겨도 살충제를 쓸 수 없으니 무농약 농사 관련 책을 보면서 천연 살충제를 만들어 뿌렸다. 몸에 해로운 약이 묻으면 그루밍을 하다 삼킬 지도 모르기 때문에 늘 조심했다.

제주도 흙은 화산 폭발로 생긴 거라 색이 까맣다. 그래서 히끄가 텃밭에서 놀다 들어오면 발바닥이 금세 검은색으로 변한다. 매번 목욕을 시킬 수도 없어서 그때마다 부드러운 가제 수건으로 발바닥과 몸 구석구석을 잘 닦아준다. 그 과정이 귀찮을 법도 한데 히끄는 흙 놀이를 포기하지 않았다. 발이 까맣게 된 모습이 꼭 샴고양이 같아서 "샴끄 왔네" 하고 놀려도 못 들은 척 딴청만 부린다.

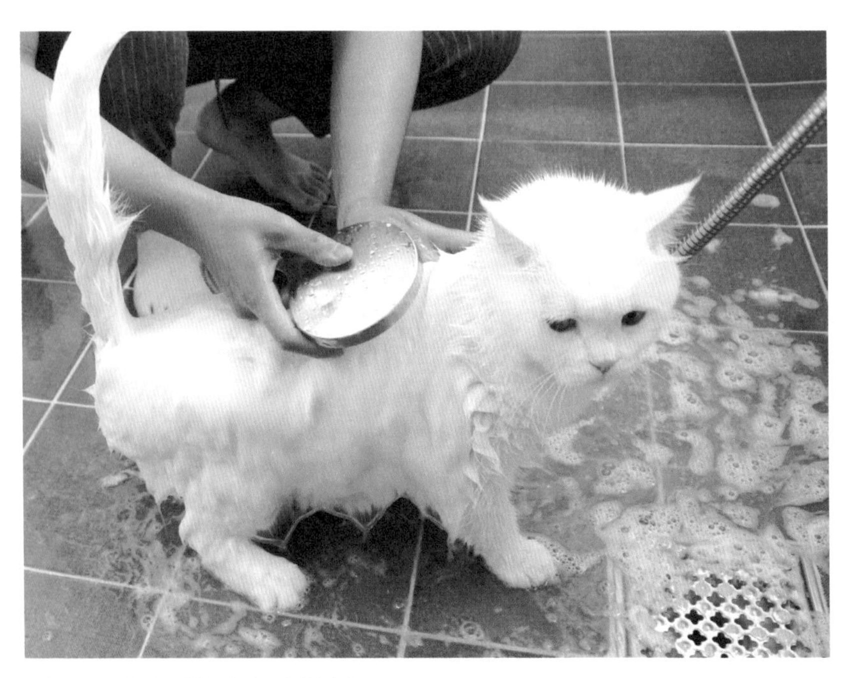

#냥빨중 #손님물온도괜찮으세요? #시원하다냥

목욕도 잘해요

히끄는 한 달에 한 번 목욕을 한다. 다른 고양이들은 목욕을 싫어해서 목욕탕에 들어가면 "아이고 나 죽는다냥"하고 동네가 떠나가라 운다는데, 히끄는 목욕에 대한 거부감이 별로 없다. 생각해 보니 길고양이 시절에도 목욕을 거부하지 않았다. 비가 오면 지붕 밑으로 들어가라고 해도 비 맞고 있는 걸 좋아했는데, 샤워기에서 나오는 물을 빗물로 생각하는지 얌전했다. 다만 헤어드라이어로 말릴 때는 소음이 싫어서 그런지 반항을 했다.

히끄의 목욕 과정을 동영상으로 찍어서 올린 적이 있는데, 사람들이 다들 놀라워했다. 비결을 물어보는 분도 많았지만 사실 특별한 비법이 있다기보다는 "고양이마다 성격이 다르니까"라고 말할 수밖에 없다. 히끄를 보면 고양이는 꼭 이러저러한 동물이라고 규정할 수 없다는 생각이 든다. 그런 고정관념이 고양이에 대한 오해를 낳는 게 아닐까?

#아부지는헌법때문에졸업못할뻔 #넌사냥법재수강해야할듯 #표정만봐도F학점

사냥할 때 왜 눈을 그렇게 떠?

고양이가 사냥을 준비할 때 취하는 공통 자세가 있다. 엉덩이를 살짝 들고 실룩거리면서 뒷발을 동동 구르면 앞으로 튀어나갈 준비가 되었다는 신호다. 그런데 히끄에겐 고급 기술이 한 가지 더 있다. 그건 바로 '슬픈 눈빛 공격'. 가끔 귀를 납작 젖히고 눈이 축 처진 얼굴로 앉아 있어서 속상한 일이라도 있나 했는데, 알고 보니 사냥할 때 집중하면 꼭 그런 표정을 지었다. 사냥을 누구한테 배우면 그런 눈빛이 나오는 거니?

묘한 눈빛을 본 사람들의 해석이 분분했다. 동정심을 유발해서 사냥감이 스스로 잡혀오게 만드는 고도의 심리전이라는 둥, 세상을 하직할 사냥감에 대한 애도의 표시라는 둥, 사냥을 해 본지 너무 오래된 탓에 무서워서 그런 거라는 설까지 돌았다. 무엇이 진실인지는 오직 히끄만 알 뿐.

#히풍당당 #오조리런웨이 #캣워킹

1일 1구름샷

히끄와 마당에서 놀다가 높은 곳에서 동네 구경을 하라고 담장 위로 올려준다. 길고양이로 살던 시절에는 오조리 마을이 모두 자기 영역이었는데, 집 안에서만 지내면 바깥 세상이 얼마나 궁금할까 싶었다. 히끄는 위풍당당한 표정으로 담장 위 좁은 길을 따라 걸으며 주변을 둘러봤다. 가끔은 햇볕을 쬐며 식빵을 굽고 앉아 있기도 했다.

히끄가 담장 위에서 마을 구경도 하고 산책도 하는 동안, 딱히 할 일이 없어서 하늘을 찍기 시작했다. 어느 날 히끄 사진을 정리하다가 구름 사진만 한데 모아놓고 보니 놀라웠다. 구름을 찍기 전에는 매일 보는 하늘이 똑같다고 느꼈지만, 실은 하루도 같은 날이 없었다. 어떤 날은 양떼구름, 어떤 날은 고래구름이 하늘을 흘러갔고, 빨간 노을이 하늘을 뒤덮은 날도, 비 오기 직전의 잿빛 구름이 무겁게 드리운 날도 있었다.

히끄와 함께한 시간도 이와 같지 않을까 생각했다. 우리가 나란히 서서 본 구름이 매일 달랐던 것처럼, 똑같아 보이는 일상도 나날이 미묘하게 다른 빛깔로 채워지고 있을 것이다. 그 소중한 순간을 붙잡아두고 싶어서 매일 하늘을 찍는다.

#고래구름 #제주도푸른밤 #하늘속에바다가있네

#고양이손자이히끄 #할배미소 #호적에올릴기세

고양이 손자의 치명적 매력

갑자기 부모님에게서 연락이 왔다. 제주에서 살겠다고 했을 때 부모님은 반대했고, 한 번도 이 집에 온 적이 없었다. 한데 느닷없이 5박 6일이나 있다 가겠다고 하셔서 당황했다. 고등학생 때부터 자취를 했기 때문에 부모님과 그렇게 오랫동안 함께 지내는 건 중학교 졸업 이후 처음이었다. 하필 제주는 장마철로 접어들어 난감했다. 날씨가 좋아야 바깥 구경이라도 다닐 텐데, 날이 궂어 집에만 있으면 어색할 것 같았다.

부모님의 방문이 부담스러웠던 또 다른 이유는 대놓고 결혼하라며 압박하기 때문이었다. 스테이 오조를 시작하고 나서는 딸이 제주에서 혼자 살아도 직업이라 그렇겠거니 인정하신 것 같지만, 결혼 문제는 쉽게 포기 못 하셨다. 무엇보다 부모님이 히끄를 처음 보는 자리여서 걱정이었다. 다 큰 딸이 결혼도 않고 혼자 산다고 가뜩이나 불만이신데, 고양이 손자까지 생겼으니 뭐라 하실까.

하지만 우려했던 것과 달리 히끄는 부모님 마음을 단번에 사로잡았다. 아침부터 할매 할배 방문을 열어달라고 조르지 않나, 시도 때도 없이 발라당 애교를 부리니 금세 마음을 여셨다. 엄마가 앵그리버드 인형으로 히끄와 놀아주는 모습을 보던 아빠가 빙긋이 '할배 미소'를 짓는 모습을 보고 놀랐다. 히끄가 마성의 매력을 지닌 고양이란 건 익히 알았지만, 그게 부모님한테까지 통할 줄은 몰랐다.

#오늘부터이순남 #작명의달인 #할매나한테왜그랬어요?

할매 작명소

반찬을 만들어 먹을 수 있는 고구마 줄기와 잎을 텃밭에 방치하는 게 아까웠는지, 엄마는 그걸 모조리 따 와서 일일이 다듬었다. 현란한 손놀림에 고구마 줄기와 잎이 순식간에 나뉘었다. 한참 보고 있던 히끄는 예의 슬픈 눈으로 사냥 모드에 돌입했다. 그걸 본 엄마도 장단 맞춰 고구마 줄기를 흔들며 히끄와 놀아주셨다. 그새 자연주의 육묘법을 시전하시다니!

엄마는 집에 머무는 동안 많은 일을 해주고 가셨지만, 그중 압권은 '할매 작명소'였다. 이름이 히끄라고 알려드렸더니 정말 부르기 어렵다면서 "해피"라고 하시는 게 아닌가. "강아지 이름도 아니고 해피가 뭐예요!"하고 항의했더니 나중에는 "힐키"라고 했다가 "히피"라고 불렀다가 "히딩크는 어떠냐"고까지 하셨다. 아니, 도대체 언제적 히딩크란 말인가.

나중에는 성격이 순하니까 "이순남"으로 부르자고 하셨는데 그나마 그 이름이 제일 나았다. "희끄무레해서 히끄라니까요." 엄마한테는 그렇게 말했지만 엄마가 지어준 이순남이라는 이름이 왠지 구수하게 들려서 가끔 이순남 씨, 하고 불러본다.

#결혼얘긴그만하고 #할매노후준비나잘하라냥 #국민효냥이

집사끼리 왜 그래요

마중 가는 차 안에서, 부모님이 제주도에 머무는 며칠간이라도 착한 딸이 되자고 결심했다. 그 결심은 사흘째부터 무너지기 시작해서 마지막 날에는 서로 한마디도 하지 않았다. 시작은 이러했다. 예상대로 엄마가 먼저 결혼에 대해 운을 띄웠고 아빠가 쐐기를 박았다. 부모님 입장에선 객지에서 혼자 사는 딸이 걱정되는 게 당연하다. 하지만 결혼해야 하는 이유로 "나이 들어서 아프면 힘드니까" "혼자 살면 외로우니까"라고 말씀하시는 데는 공감할 수 없었다.

자식의 눈으로 본 부모님의 결혼 생활은 모순투성이였다. 엄마는 아플 때도 아빠 밥을 차리느라 일어나야 했고, 직업이 같아서 대부분의 시간을 함께 보냈지만 항상 외로워했다. 그런 부모님을 보고 자란 탓에 결혼에 대한 환상도 없었고 '과연 제대로 된 연애를 할 수 있을까?' 의심한 적도 있었다. 그래서 엄마한테만 몰래 "아빠 같은 사람 만날까 봐 결혼 안 하고 싶어"라고 말했지만, 엄마는 "아빠 같은 사람만 안 만나면 되지"라는 명언을 남기곤 주일이라며 오조리 교회에 가 버렸다. 엄마는 결혼 생활의 도피처로 열심히 교회를 다녔고 집사가 되었다. 엄마도 교회에선 집사고 나도 고양이 집사인데, 같은 집사끼리 이해해주면 얼마나 좋아.

나는 비혼주의자가 아니다. 오히려 행복한 가정을 꾸미는 게 오랜 꿈이었다. 하지만 집안과 집안이 만나는 결혼이 아닌, 사람과 사람이 만나는 결혼을 하고 싶어서 신중할 뿐이다.

#히끄 #후천적노랑애호가 #주입식색깔교육

주입식 색깔 교육

살아오면서 "무슨 색을 좋아해?"라는 질문에 대답해본 적이 없다. 파란색과 녹색이 얼마나 다른지 아직도 헷갈리는 내게는 어려운 질문이다. 좋아하는 색도 하나 없다고 생각하니 인생이 참 심심한 것 같아서, 그냥 '빨주노초파남보' 중에 노란색을 좋아하는 색으로 딱 정해버렸다. 노란색 하면 병아리나 유치원생 원복 같은 귀여운 느낌이 떠올라 그걸 골랐는지도 모르겠다.

한번 좋아하는 색을 정하고 나니 그때부터 노란색만 보면 "예쁘다"는 말이 절로 나왔다. 요즘은 뭔가를 살 때도 노란색 물건부터 먼저 눈에 띈다. 히끄에게도 "너도 노란색이 좋지?" 하면서 장난삼아 말을 건넨다. 아부지의 주입식 색깔 교육 덕분에, 요즘 히끄의 물건들도 대부분 노란색으로 통일되고 있다.

#꼭꼭숨어라 #꼬리카락보일라 #숨은히끄찾기

숨바꼭질의 기술

가끔 히끄가 안 보여서 한참 찾을 때가 있다. 침대 밑이나 세탁기 아래 틈새 공간처럼 좁고 낮은 곳에 숨으면 차라리 찾기 쉬운 편이다. 평소 즐겨 숨는 몇몇 장소를 찾아가 들여다보면 되기 때문이다. 하지만 전혀 생각지 못했던 곳에 숨을 때면 깜짝깜짝 놀랐다.

하루는 마당 산책을 나갔던 히끄가 집 안으로 다시 붙잡혀 오기 싫었는지, 하얀 털을 보호색 삼아 벽에 몸을 딱 붙이고 있는 바람에 찾느라 진땀을 뺐다. 마당을 어슬렁거리고 있었으면 금방 찾았을 텐데, 자전거를 엄폐물 삼고 벽이 된 양 교묘하게 숨는 바람에 은근히 찾기 어려웠다. 흰 벽을 콕 집어 숨은 걸 보면 아마 자기 털이 보호색 노릇을 한다는 걸 눈치로 깨달은 모양이다.

#여름엔스댕이시원하다냥 #주방털날림주범 #음식냄새맡다들켰다냥

#세탁기밑 #아늑하다냥 #얼굴도작아보인다냥

#입은다물고자라 #고양이답지않게빈틈투성이 #의외의백치미

잠버릇이 독특한 아이

히끄는 잠잘 때 주로 사람처럼 바닥에 등을 붙이고 잔다. 이른바 쩍벌냥 자세로 네 다리를 펼치고 자는데, 고양이는 안전하다고 느낄 때 그런 자세로 잠든다고 해서 기분이 좋았다. 팔베개나 손베개를 무척 좋아해서 자주 해주는데, 히끄도 내게 팔베개를 해주려는 것처럼 한쪽 앞발을 옆으로 펼치고 잠들 때가 많다. 아무래도 팔베개 자세로 자는 건 나한테 배운 것 같다.

맨바닥에서 자기도 하지만, 침대에서 잘 때면 사람 못지않게 베개와 이불을 잘 활용한다. 베개가 '베고 자는 물건'이라는 걸 인식하고, 거기 머리를 기대면 누웠을 때 편하다는 것도 안다. 게다가 침대 밑 죽은 공간까지 알뜰하게 자기 공간으로 활용하니, 그리 크지 않은 이 집을 히끄가 몇 배나 넓게 쓰는 것 같아 뿌듯해진다.

#깜빡잠든 #요가의달인 #불편한듯편한자세

#숙면비법은_발냄새다옹 #냄새가친근하다냥

히케아 침대

히끄와 줄곧 한 침대에서 같이 잤지만, 여름에는 털 뭉치 고양이를 곁에 두고 잠드는 게 슬슬 힘들어진다. 히끄도 내 체열이 뜨겁게 느껴졌는지 시원한 잠자리를 찾아 집 안을 서성이기 시작했다.

히끄가 발견한 새 침대는 현관에 놓아둔 3단 선반이었다. 현관에 신발이 어지럽게 널린 게 싫고, 문짝 달린 캐비닛 형태 신발장을 놓기는 답답해서 오픈형 선반을 신발장으로 쓰는데 여기가 딱 마음에 들었나 보다. 언젠가부터 신발이 있는 자리를 자꾸 비집고 들어가기에 맨 위 칸을 치우고 새 매트를 깔아주었더니 무척 편하게 사용했다. 이케아에서 판매하는 인형용 원목 침대를 반려동물 전용 침대로 개조해 쓰는 경우를 가끔 보는데, 이 정도면 이케아 침대 부럽지 않다.

#히끄형아_자냐개 #너때문에깼다냥 #여기가어디라고찾아왔냥

호삼이의 히끄 앓이

한카피 님 집에는 비글 호이 말고도 리트리버와 진돗개 혼혈인 호삼이가 산다. 호삼이는 2015년 11월 B일상잡화점 앞에서 발견된, 생후 1개월쯤 된 강아지였다. 한 달 동안 주인이 나타나지 않으면 키우기로 했는데 정말 그렇게 되어서, 슬로우트립 둘째로 눌러앉았다.

2016년 1월, 호삼이가 3개월 정도 됐을 때 일주일 동안 일본 여행을 다녀올 일이 생겨서 히끄를 한카피 님 댁에 맡긴 적이 있었다. 히끄와 호삼이가 서로의 존재를 알게 된 것도 그때였다. 이미 다 자란 히끄는 그때 몸집 그대로지만, 한창 성장기였던 호삼이는 불과 1년 만에 폭풍 성장을 했다. 처음 발견되었을 때만 해도 히끄보다 작았는데, 훌쩍 자라서 이젠 히끄 몸집의 5배가 넘는다. 다리도 길쭉길쭉해서 개보다는 노루 같다.

한카피 님이 호삼이를 산책시키러 가는 길에 가끔 우리 집에 들르는데, 그때마다 호삼이는 방충망 너머 히끄를 향해 애달픈 눈빛을 던지며 낑낑거렸다. 오래전 헤어진 형아를 그리워하는 눈빛이었지만, 히끄는 무척 부담스러워했다. 뒤통수만 봐도 안절부절못하는 마음이 느껴질 정도였다. 어린 아이로만 기억했던 조카가 어느덧 근육질 청년으로 자라서 "삼촌, 용돈 좀 주세요" 하고 찾아왔을 때의 난감함이랄까.

#가!가라냥 #우린이루어질수없다냥 #날잊고새출발하라냥

#힝_어떻게사랑이변하냐개 #호삼무룩 #단호박히끄

#히어머니 #에미야국이짜다 #츄르좀다오

히어머니

주방 창문을 통해 바깥 구경을 즐기는 히끄를 위해 선반 한쪽을 항상 비워둔다. 그릇 사이에 몸이 딱 끼는 맛이 좋았는지, 창문을 닫아두었을 때도 그 자리에 앉아 있곤 했다. 냉면 그릇 정도나 간신히 놓을 수 있는 공간이지만 한 번도 접시를 떨어뜨린 적이 없었다. 바깥 구경을 마치고 나면 좁은 선반 위에서 절묘하게 몸을 돌려 식빵 자세로 고쳐 앉았다. 경차 한 대가 간신히 들어갈까 말까 싶은 공간에도 능수능란하게 주차하는 베테랑 운전자 같다.

절대 실수란 걸 모르는 히끄를 보면서, 고양이가 물건을 떨어뜨리는 데는 명확한 의도가 있다는 걸 깨달았다. 만약 책상이나 선반에 놓인 물건을 떨어뜨리는 고양이가 있다면 그건 자리가 좁아서가 아니다. 십중팔구 떨어지는 모습을 보는 게 재미있어서거나, 혹은 사람의 주의를 끌려고 하는 행동일 뿐이다.

차가 없다 보니 외식을 하기보다 집에서 음식을 만들어 먹는데, 주방에서 재료를 다듬고 있으면 히끄가 '오늘은 뭘 만드나'하고 기웃거린다. 가끔 생닭처럼 고양이가 좋아하는 재료를 다듬는 날이면 싱크대로 뛰어올라와 입을 크게 벌리고 울기도 한다. 이때만큼은 아들이 아니라 간섭 많은 시어머니 같아서 '히어머니'라는 별명을 붙여주었다.

#고양이확대범에이어 #담쟁이확대범 #뽕주둥이부심

마음만은 흰 사자

이사 올 때만 해도 시멘트 담장 위로 듬성듬성 있던 담쟁이는 해를 넘기며 담벼락을 따라 세력을 확장하기 시작하더니, 날이 갈수록 무성하게 자라났다. 한여름이면 담장을 거의 뒤덮어 마당이 정글처럼 변한다. 딱히 가지치기를 하거나 정리를 하지 않는 건, 집고양이로 살면서 바깥 산책을 못하게 된 히끄가 담쟁이 숲을 거닐며 조금이라도 만족하길 바랐기 때문이다.

히끄는 내 마음을 읽은 듯 무언가에 잔뜩 집중했을 때 나오는 '뽕주둥이' 표정을 지으며 느릿느릿 걸었다. 한때 오조리 들판과 논밭을 제 집처럼 드나들던 시절을 생각할까? 오늘도 마음만은 흰 사자가 되어 오조리 정글, 아니 담쟁이 숲을 누빈다.

#수상한사람이나타나면 #112가몇번이더라 #114에물어보면된다냥

#눈오던날 #너와함께여서 #마음도포근

#모래밭스케치북 #조랭이떡 #그림의완성은꼬리

인간비글의 특별한 선물

인간비글은 손재주가 남다르다. 육지에 있을 때도 종종 히끄를 모델로 한 선물을 만들어 보내주곤 했는데, 우리 집에 머물 때면 히끄 초상화, 지우개로 만든 스탬프, 털실로 뜬 브로치, 심지어 히끄 얼굴 모양 핫케이크까지 뚝딱 만들어줬다. 덕분에 히끄가 모델인 작품만 방에 한 가득이다.

주로 방학과 휴가를 활용해 제주를 찾는 인간비글은 아침부터 저녁까지 비글미 넘치는 일정을 소화한다. 바쁜 와중에도 여행지에서 히끄가 등장하는 작품을 만들어 사진으로 보내준다. 야외에서 만든 작품은 실내에서 조물조물 만들 때보다 스케일이 훨씬 커져서 구경하는 맛이 남다르다. 모래사장이나 눈밭에 발자국도 남기지 않고 히끄 모습만 남게 주변을 정리하는 솜씨를 보면, 어떻게 이렇게 만들었나 궁금하기도 하다.

사진 속 히끄는 고양이 눈사람이 되어 숲을 바라보기도 하고, 해수욕장에 놀러가서 먼 바다를 하염없이 바라보고 있었다. 눈사람은 언젠가 녹아 없어지고 모래 위에 그린 그림도 파도에 쓸려 사라지겠지만, 히끄를 아껴주는 인간비글의 마음은 기억 속에 오래 남아 있다.

#아까는기다리면나오던데 #주문을외워야하나 #나와라고봉밥

고봉밥 나와라, 뚝딱

철저하게 제한급식을 하기 때문에 매일 사료 정량을 계산해서 준다. 아침에 고봉밥이 채워져 있지 않으면 히끄는 내가 일어날 때까지 뽀뽀 시위를 한다. 화장실은 혼자 뒤처리까지 가능하지만 밥은 내가 채워주지 않으면 안 된다는 게 문제였다. 처음에는 서운할까 봐 매일 졸린 눈을 부비며 일어나 밥을 줬지만, 이 생활이 반복되니 소중한 아침잠을 포기할 수 없어서 고민 끝에 자동 급식기를 장만했다. 휴대폰 앱과 연동해서 급식 시간을 조절할 수 있고, 하루에 사료를 얼마나, 언제 먹었는지도 기록할 수 있어서 편리했다.

시간에 맞춰 자동 급식기에서 사료가 나오자 처음에 히끄는 반색하는 눈치였다가, 원하는 만큼 고봉밥이 채워지지 않으니 그 또한 새로운 고민이었던 모양이다. 배고픈데 밥그릇에 밥이 없으면 아쉬운 표정으로 급식기 주변을 서성거렸다. 급기야 급식기를 올라타고 어서 밥을 내놓으라며 온몸의 체중으로 압박했다. 구멍 속으로 앞발을 넣어도 봤지만 사료를 꺼낼 수 없어 안절부절못했다. 출출한 오후 시간, 오늘도 히끄는 자동 급식기를 향한 눈빛 공격을 멈추지 않고 있다.

#눈처럼하얀아이 #눈코입만보이네 #눈이와도히풍당당

눈고양이

제주에서 살다 보니 겨울에 눈 구경하기가 복불복이다. 어느 해는 폭설이 내려서 제주공항이 마비되기도 하고, 눈이 오다가 녹아서 싱겁게 끝나버리는 해도 있었다. 제주는 바람이 많이 부는 데다 겨울에도 햇볕이 강해서, 폭설이 내려도 날씨가 따뜻해지면 금방 녹아버린다. 그래서 눈 쌓인 풍경을 보기란 쉬운 일이 아니다.

마당을 소복이 덮을 만큼 눈이 오던 날, 히끄에게 눈 구경을 시켜줬다. 추운지 입김이 나고 발바닥도 차가워 보였지만, 싫지 않은지 눈을 자박자박 밟고 다녔다. 실컷 놀고 들어오렴, 너에게는 추운 몸을 금방 녹일 수 있는 따뜻한 집이 있단다.

추운 겨울날 따뜻한 집 안에서 편안하게 잠든 히끄를 보면 코끝이 찡해진다. 험난한 거리 생활 중에는 언제나 긴장하며 선잠을 잤을 텐데, 오늘처럼 바람이 매서운 날에는 어디서 웅크리고 있었을까? 이렇게 추운 겨울이 돌아오면, 그때 1년씩이나 고민하지 말고 조금만 더 빨리 히끄를 데려왔다면 좋았을 걸 하는 후회가 뒤늦게 든다.

#발도장화가 #대충그려도이정도다냥 #쓰윽쓰윽 #참쉽죠?

#털옷입어서안춥다냥 #코랑귀는빨간데?

#그루밍을책으로배운다냥 #츄릅할짝쫍쫍 #까막눈주의

책으로 길고양이를 배웠습니다

한때 유행했던 "연애를 책으로 배웠습니다"라는 말처럼, 나는 고양이를 책으로 배웠다. 인터넷 카페에도 많은 정보가 있지만, 전문가가 쓴 책이 더 신뢰가 갔기 때문이다. 처음에는 고양이 잘 키우는 법에 대한 책부터 읽기 시작했지만, 점차 길고양이에 대한 책에도 관심이 갔다. 잘 알지 못하는 도시 길고양이들 이야기였지만 히끄의 모습과 겹쳐지는 부분도 있었다. 히끄도 슬로우트립 방문냥으로 지내던 시절, 사진 속 길고양이처럼 앞발과 얼굴에 붉은 양념 얼룩을 묻혀 오곤 했다.

내 자식이 귀하면 남의 자식도 귀하다는 사실을 자연스럽게 알게 되는 걸까? 도움이 필요한 다른 고양이에게 나도 모르게 마음이 갔다. 제주도 이웃 중에는 집이나 가게에 찾아오는 길고양이들에게 꾸준히 사료를 챙겨주는 분들이 많다. 히끄 또한 이런 캣맘 덕분에 길 생활을 비교적 건강하게 지낼 수 있었다. 이제는 히끄가 받은 사랑을 누군가에게 돌려줄 때라고 생각했다. 그래서 시작한 것이 '오조리 길고양이 식당'이었다.

#치즈치즈 #단골손님 #아줌마밥주라냥

오조리 길고양이 식당

사실 길고양이 밥 주기는 슬로우트립 시절부터 시작한 일이었다. 1기 멤버인 히끄히끄, 꺼므꺼므, 줄무줄무, 히틀히틀을 시작으로 2기 줄무줄무 주니어와 놀무놀무, 3기 라떼떼떼, 4기 뉴규뉴규와 루기두기까지, 평균 6개월~1년 간격으로 기수가 바뀌었다. 놀무와 라떼는 항상 함께 다녔는데, 어느 날 목덜미를 물려서 오더니 며칠 뒤 놀무는 행방불명되고 라떼만 혼자 와서 밥을 먹었다. 그러다가 4기 멤버인 뉴규와의 영역 싸움에서 밀려 슬로우트립에 오지 못했다.

라떼를 다시 목격한 곳은 오조리 노인회관 뒤편이었다. 주방에서 저녁을 준비하는데, 부엌 선반에 앉아 창밖을 보던 히끄가 갑자기 야옹거렸다. 라떼였다. 노인회관에 모여 밥을 해 드시는 어르신들이 음식쓰레기를 거름 삼아 나무에 버리는데, 근처를 서성이고 있었다. 사료를 갖고 나갔지만 제 영역이 아니어서인지 경계했다. 우리 집 마당에서 먹는 게 안전하고 남에게도 피해를 주지 않을 것 같아 사료를 흔들면서 집으로 왔다. 라떼는 경계하면서도 따라오더니 사료를 허겁지겁 먹고 도망쳤다.

라떼와의 만남을 계기로 오조리 길고양이 식당을 본격적으로 시작했다. 요즘은 라떼 말고도 치즈치즈 삼형제와 고등고등이 주기적으로 찾아온다. 때때로 배고픈 개들까지 기웃거린다. 아무래도 라떼가 맛집이라고 소문내서 그런 것 같다.

#밥먹고바로떠나는 #고등고등 #항상힘들어보이는아이

#아부지나한테이상한냄새나냐옹 #왜다들도망가냐옹 #우리아들하고도놀아주라

나랑 놀아줘

다른 고양이에 대한 호기심은 많고 경계심은 별로 없는 히끄는 길고양이 식당에 찾아오는 손님들을 반가워했다. 라떼나 치즈치즈 형제들이 오면 버선발로 현관에 쫓아 나와 한참을 쳐다봤다. 라떼가 밥 먹으러 온 어느 날, 히끄가 나를 보면서 하도 야옹야옹거려서 문을 살짝 열어줬더니, 라떼 뒤로 살며시 다가가 한참을 앉아 있었다. 하지만 밥에 집중하느라 히끄의 존재를 신경 쓰지 못했던 라떼가 뒤늦게 화들짝 놀라 도망가자, 히끄는 머쓱한지 꼬리만 붕붕 흔들었다.

히끄를 피하는 건 치즈치즈 형제들도 마찬가지였다. 인원 수, 아니 마릿수로 따지면 최소한 둘 이상인 치즈치즈 형제에게 승산이 더 있을 텐데, 히끄를 보면 꼬리가 빠져라 달아났다. 덩치가 커 보이는 히끄 때문에 주눅이 들었는지, 남의 영역에서는 몸을 사리는 길고양이의 성향 탓인지 모르겠다.

히끄에게도 한때 길고양이들과 어울려 살던 시절이 있었는데, 다른 고양이의 외면이 얼마나 서운할까? 숫기 없는 우리 아들이랑 친하게 지내라고 생일상을 거하게 차려서 초대했더니, 맛있는 것만 홀랑 집어먹고 가 버리는 초등학생 아이들을 보는 것 같았다. 얘들아, 우리 아들이랑도 좀 놀아줘. 덩치만 컸지 해치지 않아.

#치즈치즈 #버선발마중 #오조리길고양이식당 #최우수사원될기세

#라떼떼떼 #친구가되고싶다냥 #무서운형아니다냥 #등발아니고털발이다냥

#너_솔직히말해 #등뒤에지퍼있지 #털옷벗고정체를밝혀라

우리 곁에 또 다른 히끄가 있어요

히끄와 함께한 지도 어느덧 3년이 넘었다. 사람들은 통통하고 귀여운 지금 모습을 좋아하지만, 처음 만났을 때는 비쩍 마르고 아픈 길고양이였다. 그랬던 히끄가 꾸준한 관심과 사랑을 받으면서 나날이 건강해지고 예뻐졌다.

히끄와 함께 살면서 나는 좀 더 나은 사람이 될 수 있었다. 하고 싶은 일도, 꿈도 없었지만 히끄가 놀 수 있는 마당 있는 집을 꿈꾸게 되었고, 고양이와 사는 기쁨을 알게 되었고, 유기동물에 관심을 갖게 되었다. 무엇보다 '우리 곁의 또 다른 히끄'를 위해 할 수 있는 일을 고민하게 되었다.

동물에 관심이 없을 때는 몰랐지만, 길고양이나 유기묘의 삶을 한번 인식하고 나니 가족이 필요한 고양이들이 자꾸 눈에 밟힌다. 알아보니 길고양이나 유기묘 입양에도 빈익빈 부익부 현상이 있었다. 대부분 어리고 작은 고양이를 선호하기 때문이다. 다 커서 버려진 유기묘나, 사람 손을 너무 타서 길에서 살기 위험한 길고양이도 성묘라면 입양되기가 힘들다고 한다. 히끄를 보면서 한 사람이라도 '동물은 펫숍에서 사는 게 아니라 입양하는 거구나' '다 큰 고양이도 저렇게 사랑스럽구나'하고 생각하게 된다면, 내게 그것만큼 의미 있는 일도 없을 것이다.

#히끄네집 #거긴어떻게들어갔니 #아직도파악못한너의능력

히끄가 기다리는 집

히끄와 함께 살기 시작하면서 인생에서 가장 많이 바뀐 것이 있다면, 진심으로 집이 좋아졌다는 점이다. 일이 생겨 집을 비우는 날에는 히끄가 기다릴 것만 같아서 빨리 돌아가고 싶다. 남이 부러워하는 인생이 아니라 내가 원하는 방식대로 행복해지고 싶어서 처음 얻은 나만의 집, 직접 선택한 첫 번째 가족이 기다리는 집으로.

귀가가 늦어지는 날이면 유리창 너머 흘러나오는 불빛 속에 히끄가 기다리듯 앉아 있다. 문을 열기도 전에 꼬리를 붕붕 휘두르며 반기는 히끄를 향해 마음속으로 말해본다. '나와 함께여서 오늘도 행복했기를.'

이신아

법학을 전공했지만 졸업 후 무엇을 할지 몰라 2년을 방황했다. 한 달만 여행하러 왔던 제주에 정착한 지 3년이 되던 해, 희끄무레한 길고양이를 만나 히끄라는 이름을 주고 가족이 되었다. 엄마라는 이름은 너무 소중하기에 히끄의 진짜 엄마에게 양보하고 '아부지'가 되기로 했다. 길고양이에서 인스타그램 20만 팔로워를 보유한 '우주 대스타'로 거듭난 히끄와 함께 민박 '스테이 오조'를 운영하고 농사를 지으며 여러 활동을 하고 있다.
SNS: instagram.com/heek_r

히끄네 집
고양이 히끄와 아부지의 제주 생활기

초판 1쇄 발행 2017년 10월 20일
초판 9쇄 발행 2023년 3월 27일

지은이 이신아
펴낸이 고경원 | **편집** 고경원 | **디자인** Studio Marzan 김성미

펴낸곳 야옹서가 | **출판등록** 2017년 4월 3일(제2020-000107호)
주소 서울시 마포구 월드컵북로 400, 5층 19호
전화 070-4113-0909 | **팩스** 02-6003-0295 | **이메일** catstory.kr@gmail.com

ISBN 979-11-91179-17-0 (03810)